Arthur Schnitzler
Frau Beate und ihr Sohn
Novelle

Fischer
Taschenbuch
Verlag

Limitierte Sonderausgabe
Veröffentlicht im Fischer Taschenbuch Verlag GmbH,
Frankfurt am Main, Januar 1995

Lizenzausgabe mit freundlicher Genehmigung
des S. Fischer Verlags GmbH, Frankfurt am Main
© S. Fischer Verlag GmbH, Frankfurt am Main 1961
Umschlaggestaltung: Balk / Walch
Umschlagabbildung: Guiseppe De Nittis,
»Frühstück im Garten«, um 1884,
Öl auf Leinwand, Brarletta, Galleria De Nittis
Satz: Fotosatz Otto Gutfreund, Darmstadt
Druck und Bindung: Clausen & Bosse, Leck
Printed in Germany
ISBN 3-596-12627-4

Gedruckt auf chlor- und säurefreiem Papier

Frau Beate und ihr Sohn

ERSTES KAPITEL

Es war ihr, als hätte sie ein Geräusch aus dem Nebenzimmer gehört. Sie sah von ihrem angefangenen Briefe auf, erhob sich, ging ein paar leise Schritte zur angelehnten Türe hin und blickte zuerst durch die Spalte in den benachbarten Raum, wo bei geschlossenen Läden ihr Sohn anscheinend ruhig schlafend auf dem Diwan lag. Dann erst trat sie näher heran und konnte nun beobachten, wie Hugos Brust in gleichmäßig starkem Knabenatem sich hob und senkte. Der weiche etwas zerdrückte Hemdkragen stand über dem Halse offen, im übrigen aber war Hugo völlig angekleidet, sogar die Füße steckten in den genagelten Schuhen, die er auf dem Lande immer zu tragen pflegte. Offenbar hatte er sich in der Schwüle des Nachmittags nur für kurze Zeit hinlegen wollen, um bald, wovon die aufgeschlagenen Bücher und Hefte Zeugnis gaben, das Studium von neuem aufzunehmen. Jetzt warf er den Kopf nach der Seite, als wollte er erwachen; doch er reckte sich nur ein paarmal und schlief weiter. Aber die Augen der Mutter, die sich indes an den Dämmerton des Zimmers gewöhnt hatten, konnten nicht länger übersehen, daß der seltsam wie schmerzhaft gespannte Zug um die Lippen des Siebzehnjährigen, der ihr im Lauf der letzten Tage immer wieder aufgefallen war, auch im Antlitz des Schlafenden sich nicht lösen wollte. Beate schüttelte seufzend den Kopf, begab sich in ihr Zimmer zurück, schloß die Türe hinter sich leise ab und blickte auf den angefangenen Brief nieder, den fortzusetzen sie keine Neigung mehr fühlte. Doktor Teichmann, an den er gerichtet sein sollte, war ja doch nicht der Mann, dem gegenüber sie sich rückhaltlos aussprechen durfte; sie, die heute schon das allzu freundliche Lächeln bereute, mit dem sie ihn vor ihrer Abreise vom Kupeefenster aus zum Abschied gegrüßt hatte. Denn gerade in diesen Sommerwochen auf dem Lande, wo die Erinnerung an den vor fünf Jahren hingeschiedenen Gatten stets mit besonderer Lebendigkeit in ihr wach wurde, wies sie die noch nicht ausgesprochene, aber zweifellos zu erwartende Werbung des Advokaten gleich andern Zukunftsgedanken ähnlicher Art innerlich weit von sich; und sie sagte sich, daß sie von ihrer Sorge um Hugo zu dem Menschen am wenigsten reden konnte, der darin nicht so sehr einen Beweis des Vertrauens als ein bewußtes Zeichen der Ermutigung hätte sehen müssen. So zerriß sie den angefangenen Brief und trat unschlüssig ans Fenster.

Die Berglinien des jenseitigen Ufers verschwammen in zitternden Luftkreisen. Von unten, aus dem See, blitzte ihr tausendfach zersplittert das Sonnenbild entgegen, und sie rettete ihre geblendeten Augen mit einem fliehenden Blick über das schmale Wiesenufer, die staubatmende Landstraße, die blinkenden Villendächer und ein regungsloses Ährenfeld in das Grün ihres Gartens. Auf der weißen Bank unter dem Fenster ließ sie Blicke und Gedanken ruhen. Sie dachte daran, wie oft ihr Gatte hier gesessen war, über einer Rolle brütend, — oder auch eingeschlummert, insbesondere, wenn die Lüfte so sommerträg über der Landschaft ruhten wie heute wieder. Dann hatte Beate sich wohl über die Brüstung gebeugt und mit zärtlichen Fingern das grauschwarze Kraushaar angerührt und darin gewühlt, bis Ferdinand, bald erwacht, aber zuerst in verstelltem Weiterschlummer die Liebkosung duldend, langsam sich wandte und zu ihr aufschaute, mit seinen hellen Kinderaugen, die an fernen, doch nie zu vergessenden Märchenabenden so wundersam heldenhaft und todesschwer zu blicken vermochten. Doch daran wollte, ja sollte sie gar nicht denken; gewiß nicht mit Seufzern, wie sie nun unwillkürlich auf ihren Lippen vergingen. Denn Ferdinand selbst – in entschwundenen Tagen hatte er sich's von ihr zuschwören lassen – wünschte sein Andenken nicht anders geweiht, als durch heiteres Erinnern, ja durch ein unbekümmertes Ergreifen neuen Glücks. Und Beate dachte: Ist es nicht zum Erschauern, wie man vom Furchtbarsten in blühender Zeit zu sprechen vermag, scherzend und leicht, als drohe dergleichen andern nur und könnte einem selber gar nicht widerfahren! Und dann kommt es wirklich, und man faßt es nicht, und nimmt es doch hin; und die Zeit geht weiter, und man lebt; man schläft im gleichen Bette, das man einst mit dem Geliebten teilte, trinkt aus demselben Glas, das er mit seinen Lippen berührte, pflückt unter dem gleichen Tannenschatten Erdbeeren, wo man sie mit einem auflas, der niemals wieder pflücken wird; und hat nicht Tod noch Leben je ganz begriffen.

Auf dieser Bank draußen hatte sie manchmal an Ferdinands Seite gesessen, indes der Bub, von der Eltern zärtlichem Blick umfangen und gefolgt, mit Ball oder Reifen durch den Garten getollt war. Und so sehr sie es mit ihrem Verstande wußte, daß der Hugo, der da drin im Nebenzimmer, mit jenem neuen schmerzlich gespannten Zug um die Lippen, auf dem Diwan schlief, dasselbe Menschenkind war, das vor wenig Jahren noch im Garten gespielt hatte; – mit ihrem Gefühl vermochte sie auch das nicht zu fassen, so wenig wie daß Ferdinand tot sein sollte, wahrhafter tot als Hamlet, als Cyrano, als der königliche Richard, in deren Masken sie ihn so oft hatte sterben sehen. Aber vielleicht blieb dies ihr nur deshalb für alle Zeit unbegreiflich, weil zwischen so blühendem Dasein und so dunklem Tod nicht etwa Wochen des Leidens und der Angst verstrichen waren; gesund und wohlgemut war Ferdinand eines Tages vom Hause zu irgendeinem Gastspiel weggefahren, und in der Stunde drauf, von dem Bahnhof, in dessen Halle ihn der Schlag gerührt, hatte man ihn als toten Mann wieder heimgebracht.

Während Beate diesen Erinnerungen nachhing, fühlte sie immerfort, wie irgend etwas anderes gespenstisch quälend und gleichsam auf Erlösung wartend, in ihrer Seele hin und her ging. Erst nach einigem Besinnen ward ihr bewußt, daß der letztbegonnene Satz ihres unvollendeten Briefes, in dem sie von Hugo erzählen wollte, ihr keine Ruhe ließ, und daß sie sich entschließen mußte, den zu Ende zu denken. Sie war sich klar darüber, daß sich in Hugo irgend etwas vorbereitete oder vollzog, was sie längst erwartet und was sie doch nie für möglich gehalten hatte. In früheren Jahren, als er noch ein Kind war, hatte sie gern den Gedanken gehegt, ihm später einmal nicht nur Mutter, sondern auch Freundin und Vertraute zu bedeuten; und noch bis in die letzte Zeit, da er ihr zugleich mit seinen kleinen Schulsünden auch die ersten knabenhaften Verliebtheiten zu beichten kam, durfte sie sich einbilden, daß ihr so seltenes Mutterglück beschieden sein könnte. Hatte er sie nicht die rührend-kindischen Verse lesen lassen, die er der kleinen Elise Weber, der Schwester eines Schulkollegen, gewidmet, und die diese selbst niemals zu Gesicht bekommen hatte? Und im vergangenen Winter erst, hatte er der Mutter nicht gestanden, daß ein kleines Fräulein, dessen Namen er ritterlich verschwieg, ihn in der Tanzstunde während eines Walzers auf die Wange geküßt hatte? Und im letzten Frühjahr, hatte er ihr nicht, verstört beinahe, von zwei Buben aus seiner Klasse berichtet, die in fragwürdiger Gesellschaft einen

Abend im Prater verbracht und sich gerühmt hätten, erst des Morgens um drei wieder nach Hause gekommen zu sein? So hatte Beate zu hoffen gewagt, daß Hugo sie auch zur Vertrauten ernsterer Empfindungen und Erlebnisse erwählen und sie imstande sein würde, ihn durch Zuspruch und Rat vor mancher Trübsal und Gefahr der Jünglingsjahre zu bewahren. Nun aber erwies sich, daß all dies nur Träume eines verwöhnten Mutterherzens gewesen waren; denn da die erste seelische Bedrängnis ihn anfiel, zeigte Hugo sich fremd und verschlossen, und die Mutter stand solchem ihr neuen Wesen scheu und ratlos gegenüber.

Sie zuckte zusammen. Denn im ersten Windhauch des späten Nachmittags, gleich einer höhnischen Bestätigung ihrer Seelenangst, sah sie in der Tiefe unten von dem Giebel der lichten Villa am See die verhaßte weiße Fahne wehen. Frech gezackt, der zudringlich lockende Gruß einer Verworfenen an den Knaben, den sie verderben wollte, flatterte sie zur Höhe auf. Unwillkürlich wie drohend erhob Beate die Hand; dann aber trat sie rasch ins Zimmer zurück, in einem unbezwinglichen Drang, ihren Sohn zu sehen und sich mit ihm auszusprechen. Sie legte ihr Ohr an die Verbindungstüre, um ihn nicht etwa aus gutem Schlummer aufzustören; und wirklich war ihr, als hörte sie wie früher seinen ruhigen starken Knabenatem gehen. Vorsichtig öffnete sie nun die Türe mit der Absicht, Hugos Erwachen abzuwarten und dann, neben ihm am Diwan sitzend, in mütterlicher Zärtlichkeit sein Geheimnis zu erfragen. Aber erschrocken gewahrte sie, daß das Zimmer leer war. Hugo war nicht mehr da. Er war fortgegangen, ohne wie sonst der Mutter Adieu zu sagen und sich den gewohnten Kuß auf die Stirne zu holen; – offenbar aus Scheu vor der Frage, die er seit Tagen auf ihren Lippen sich hatte vorbereiten gesehen und die sie, nun erst wußte sie's, heute, jetzt, in dieser Viertelstunde an ihn gerichtet hätte. So weit also war er, so entrückt ihr durch seine Unruhe, durch seine Wünsche allein. Das hatte aus ihm der erste Händedruck jener Frau gemacht, neulich auf der Landungsbrücke; das ihr Blick, der ihn gestern von der Galerie der Schwimmanstalt aus lächelnd gegrüßt hatte, da sein lichter Knabenleib aus den Wellen emporgetaucht kam. Freilich, – er war siebzehn vorüber; und niemals hatte die Mutter sich eingebildet, daß er sich aufbewahren würde für eine, die ihm bestimmt wäre, vom Anbeginn aller Tage, und die ihm begegnen würde, jung und rein wie er selbst. Nur dies eine ersehnte sie für ihn: daß er nicht mit Ekel aus seinem ersten Rausch erwachte, mit seiner duftenden Jugend nicht der Lust einer Frau zum Opfer fiele, die ihren halbvergangenen Bühnenruhm nur einer schillernden Dirnenhaftigkeit verdankte und deren Wandel und Ruf auch in ihrer späten Ehe keine Änderung erfahren hatten.

Beate saß auf Hugos Diwan im halbdunklen Zimmer, mit geschlossenen Augen, den Kopf in die Hände gestützt, und überlegte. Wo mochte Hugo sein? Bei der Baronin am Ende? Das war undenkbar. So rasch konnten diese Dinge sich nicht vollziehen. Aber, bestand überhaupt noch eine Möglichkeit, den geliebten Buben vor einem so kläglichen Abenteuer zu bewahren? Sie fürchtete, nein. Denn sie ahnte ja: wie Hugo die Züge seines Vaters trug, so rann auch dessen Blut in ihm, das dunkle Blut jener Menschen aus einer andern, gleichsam gesetzlosen Welt, die als Knaben schon von männlich-düsteren Leidenschaften durchglüht werden und denen noch in reifen Jahren Kinderträume aus den Augen schimmern. Das Blut des Vaters nur? Rann das ihre etwa träger? Durfte sie sich das heute einbilden, einfach darum, weil seit dem Tode des Gatten keine Versuchung an sie herangetreten war? Und weil sie niemals einem andern gehört hatte, war darum minder wahr, was sie dem Gatten einstmals gestanden: daß er nur darum ihr ganzes Leben als Einziger erfüllt hatte, weil in den tiefen Nächten, da ihr sein Antlitz verdämmerte, er ihr immer wieder einen andern, einen neuen bedeutete, – weil sie in seinen Armen des königlichen Richard Geliebte war und Cyranos und Hamlets und all der andern, die er spielte: die Geliebte von Helden und Bösewichtern, Gesegneten und Gezeichneten, spiegelklaren und rätselvollen Menschen? Ja, hatte sie nicht, halb unbewußt, nur darum schon als junges Mädchen den großen Schauspieler sich zum Gatten gewünscht, weil eine Verbindung mit ihm ihr die einzige Möglichkeit bot, den ehrbaren Lebensweg zu gehen, der ihr nach ihrer bürgerlichen Erziehung vorgezeichnet schien, und doch zugleich das abenteuerlich-wilde Dasein zu führen, nach dem sie in verborgenen Träumen sich sehnte? Und sie erinnerte sich, wie sie sich Ferdinand, nicht nur gegen den Willen ihrer Eltern, deren frommer Bürgersinn den leisen Schauder vor dem Komödianten auch nach vollzogener Heirat nie ganz verwinden konnte, sondern auch gegen einen viel bedenklicheren Feind zu erobern verstanden hatte. Zur Zeit, als sie Ferdinand kennen lernte, stand er in stadtbekannten Beziehungen zu einer nicht mehr jungen, reichen Witwe, die den jungen Schauspieler in seinen Anfängen vielfach gefördert, ja öfters seine Schulden bezahlt haben sollte, und von der loszureißen es ihm, wie es hieß, nun an der nötigen Willenskraft fehlte. Damals hatte Beate den romantischen Entschluß gefaßt, den herrlichen Mann aus so unwürdigen Banden zu befreien; und in Worten, wie sie nur das Bewußtsein einer niemals wiederkehrenden Stunde einzugeben vermag, von der alternden Geliebten Ferdinands die Lösung eines Verhältnisses gefordert, das an seiner inneren Unwahrheit doch über kurz oder lang, und dann vielleicht zu spät für das Heil des großen Künstlers und der Kunst zusammenbrechen müßte. Wohl erfuhr sie damals eine spöttisch-verletzende Abweisung, an der sie lange trug, und es dauerte noch ein volles Jahr bis zu Ferdinands endgültiger Befreiung; aber daß jene Unterredung den ersten Anlaß hierzu bedeutet, daran hätte Beate nicht zweifeln können, auch wenn ihr Gatte nicht selbst, immer wieder, auch vor Leuten, die es nicht im geringsten kümmerte, die Geschichte mit heiterem Stolz zum besten gegeben hätte.

Beate ließ die Hände von den Augen sinken und erhob sich in plötzlicher Erregung vom Diwan. Wohl lagen bald zwanzig Jahre zwischen jenem töricht-kühnen Schritt und heute; aber war sie seither eine andere geworden? War in ihr heute nicht die gleiche Zielbewußtheit und der gleiche Mut? Durfte sie sich heute nicht mehr zutrauen, das Schicksal eines Menschen, der ihr teuer war, nach ihrem Sinn zu lenken? War sie die Frau, die stumm warten mußte, bis ihres Sohnes junges Leben beschmutzt und für immer zerstört war, statt, wie einst vor jene andere, heute vor die Baronin hinzutreten, die am Ende doch auch eine Frau war und es irgendwo, wenn auch im verstecktesten Winkel ihrer Seele, verstehen mußte, was es bedeutete, Mutter zu sein? Und dieses Einfalles wie einer Erleuchtung froh, trat sie zum Fenster, öffnete die Läden, und in neuer Hoffnung nahm sie das Bild der lieben Landschaft wie einen Gruß der Verheißung in sich auf. Doch sie fühlte, daß es darauf ankam, den kühnen Entschluß noch mit dem Selbstvertrauen des ersten Augenblicks zur Tat zu machen; ohne weiteres Zögern begab sie sich daher in ihr Schlafzimmer und klingelte dem Mädchen, das ihr beim Ankleiden heute mit besonderer Sorgfalt behilflich sein mußte.

Sobald dies zu ihrer Zufriedenheit besorgt war, setzte sie ihren breitkrempigen Panamahut mit dem schmalen schwarzen Band auf das dunkelblonde, dichtgewellte Haar, wählte aus dem Blumenglas, das auf dem Nachtkästchen stand, von den drei roten Rosen, die sie heut morgens vom Stock geschnitten, die frischeste, steckte sie in den weißen Ledergürtel, nahm ihren schlanken Bergstock in die Hand und verließ das Haus. Sie fühlte sich froh, jung und ihrer Sache gewiß.

Als sie vor die Türe trat, stand das Ehepaar Arbesbacher vorn am Gartengitter, er in Lodenjoppe und Lederhose, eben im Begriff, den Taster zu drücken, sie in einem dunkelgeblümten Kattunkleid, das im Verhältnis zu den etwas verhärmten, aber noch jugendlichen Zügen einen allzu matronenhaften Zuschnitt zeigte.

»Küß die Hand, gnä' Frau«, rief der Baumeister, lüftete den grünen Hut mit dem Gamsbart und behielt ihn in der Hand, so daß der weiße Kopf eine Weile unbedeckt blieb.»Wir wollen Sie grad abholen« – und auf ihren fragenden Blick – »haben Sie denn vergessen, gnä' Frau? Heut ist ja Donnerstag, Tarockpartie beim Direktor.«

»Ja richtig«, sagte Beate, sich erinnernd.

»Grad sind wir dem Herrn Sohn begegnet«, bemerkte die Baumeisterin, und über die verblühten Züge zog ein müdes Lächeln.

»Mit zwei dicken Büchern ist er da hinauf«, ergänzte der Baumeister und deutete gegen den Pfad, der über die sonnige Wiese zum Walde aufwärts führte... »Ein fleißiger Jüngling.« Beate lächelte mit einem Ausdruck unverhältnismäßiger Glückseligkeit. »Im nächsten Jahr hat er Matura«, sagte sie.

»Nein, wie schön die Frau heut wieder aussieht!« äußerte die Baumeisterin ganz unvermittelt in einem Ton, der vor Bewunderung beinahe demütig wurde.

»Na, wie wird uns denn zumut sein, Frau Beatelinde«, sagte der Baumeister, »wenn wir so plötzlich einen erwachsenen Sohn haben, der auf die Universität geht, sich duelliert und den Weibern die Köpf' verdreht?«

»Aber hast denn du dich duelliert?« warf seine Gattin ein.

»Na, so hab' ich mich halt herumgeschlagen. 's kommt aufs selbe heraus. Blutige Köpf' gibt's so und so!«

Sie spazierten den Weg hin, der oberhalb der Ortschaft, mit dem Blick über den See hin, zur Villa des Bankdirektors Welponer führte.

»Ja, ich geh' da mit Ihnen so weiter«, sagte Beate, »aber eigentlich müßte ich noch in den Ort hinunter... nämlich auf die Post, wegen eines Pakets, das vor acht Tagen in Wien aufgegeben worden und noch immer nicht da ist. Noch dazu per Eilgut«, setzte sie so ungehalten hinzu, als glaubte sie selbst an die Geschichte, die sie plötzlich erfunden hatte, sie wußte selbst nicht warum.

»Vielleicht kommt's mit dem Zug, Ihr Packerl«, sagte die Baumeisterin und wies nach unten, wo die kleine Eisenbahn eben pfauchend und wichtigtuerisch hinter dem Felsen hervorkam und mitten durch das Wiesenland dem etwas erhöhten Bahnhof zufuhr. Zu allen Fenstern steckten Reisende die Köpfe heraus, und der Baumeister schwenkte seinen Hut.

»Was hast denn?« sagte seine Frau.

»Es werden ja jedenfalls Bekannte dabei sein, und man ist doch ein höflicher Mann.«

»Also, auf Wiedersehen«, sagte Beate plötzlich. »Ich komm' dann natürlich auch hinauf. Ich lass' indessen schön grüßen.« Eilig nahm sie Abschied und ging den Weg wieder zurück, den sie gekommen. Sie fühlte, daß der Baumeister und seine Frau, die stehengeblieben waren, ihr mit den Blicken beinah bis vor die Villa folgten, die Arbesbacher vor nun zehn Jahren seinem Freund und Jagdgenossen Ferdinand Heinold gebaut hatte. Hier nahm Beate den schmalen Fahrweg, der, steil genug, an einfachen Landhäusern vorbei zur Ortschaft führte, mußte aber vor dem Überschreiten des Bahngeleises eine Weile warten, da der Zug eben die Station verließ. Jetzt erst fiel ihr ein, daß sie ja gar nichts auf der Post zu tun hatte, sondern vielmehr die Baronin sprechen wollte, was ihr nun, da sie ihren Buben im Wald oben mit seinen Büchern wußte, allerdings nicht mehr so dringend erschien, als noch in der Stunde vorher... Sie überschritt das Geleise und fand am Bahnhof all die Unruhe vor, die dem Eintreffen eines Zuges zu folgen pflegt. Die zwei Stellwagen vom Seehotel und vom Posthof rumpelten eben mit ihren Passagieren davon; andere Ankömmlinge, von Gepäckträgern gefolgt, hochgestimmt und erregt; Ausflügler, unbeschwert und wohlgelaunt, kreuzten Beatens Weg. Sie sah belustigt zu, wie eine ganze Familie, – Vater, Mutter, drei Kinder, Bonne und Stubenmädchen mit Koffern, Schachteln, Taschen, Schirmen und Stöcken, sowie einem kleinen verängstigten Pinscher, in einem Landauer unterzukommen suchte. Aus einem andern Wagen winkte ihr ein Ehepaar, flüchtig vom vorigen Jahre her bekannt, mit der ganzen ungemessenen Freudigkeit der Sommerlandbegrüßungen zu. Ein junger Herr in lichtgrauem Sommeranzug, eine sehr neue gelbe Ledertasche in der Hand, lüftete vor Beate den Strohhut. Sie erkannte den jungen Mann nicht und grüßte kühl zurück.

»Küß' die Hand, gnädige Frau«, sagte der Fremde, ließ seine Tasche rasch von der einen in die andere Hand voltigieren und streckte Beate etwas ungeschickt die freigewordene Rechte entgegen.

»Fritzl!« rief nun Beate, ihn erkennend, aus.

»Jawohl, gnädige Frau, Fritzl in eigener Person.«

»Wissen Sie, daß ich Sie wirklich nicht erkannt hab'? Sie sind ja ein ganzes Gigerl geworden.«

»Na, es wird schon nicht so arg sein«, erwiderte Fritzl und ließ die Tasche wieder in die andere Hand gleiten. »Übrigens, hat denn der Hugo meine Karte nicht gekriegt?«

»Ihre Karte? Ich weiß nicht. Aber er hat mir neulich gesagt, daß er Ihren Besuch erwartet.«

»Natürlich, das ist ja schon in Wien besprochen

worden, daß ich von Ischl aus auf ein paar Tage herüberkomm'. Aber gestern hab' ich ihm noch extra geschrieben, daß ich heute nachmittag meine Ankunft zu feiern gedenke.«
»Er wird sich jedenfalls riesig freuen. Wo sind Sie denn abgestiegen, Herr Weber?«
»Aber nein, gnädige Frau, nicht Herr Weber sagen.«
»Also wo, Herr – Fritz?«
»In den Posthof hab' ich mein Kofferl vorausgeschickt, und sobald ich meinen äußeren Menschen in Ordnung gebracht habe, werde ich so frei sein, in der Villa Beate meine Aufwartung zu machen.«
»Villa Beate? Gibt's gar keine weit und breit.«
»Ja, wie heißt sie denn, wenn schon jemand mit einem so schönen Namen drin wohnt?«
»Sie heißt gar nicht. Solche Sachen mag ich nicht. Eichwiesenweg Numero sieben steht sie; sehen Sie, die dort droben mit dem kleinen grünen Balkon.«
Fritz Weber blickte andächtig in die bezeichnete Richtung. »Muß eine schöne Aussicht sein! Jetzt will ich aber nicht länger aufhalten. In einer Stunde find' ich doch den Hugo hoffentlich zu Haus?«

»Ich denk' schon. Jetzt ist er noch oben im Wald und studiert.«

»Studieren tut er? Das muß man ihm aber schleunigst abgewöhnen.«

»Oho!«

»Ich will nämlich Touren mit ihm machen. Wissen gnädige Frau schon, daß ich neulich auf dem Dachstein war?«

»Leider nein, Herr Weber, es ist nämlich nicht in der Zeitung gestanden.«

»Aber ich bitt' schön, gnädige Frau, nicht Herr Weber.«

»Ich glaub' doch, daß wir dabei werden bleiben müssen, da ich weder die Ehre habe, Ihre Tante noch Ihre Gouvernante zu sein. . . .«

»So eine Tante möcht' man sich schon gefallen lassen.«

»Also, galant ist er auch schon — nein, so was!« Sie lachte laut auf: statt des eleganten jungen Herrn stand plötzlich der Bub vor ihr, den sie schon seit seinem zwölften Jahre kannte, und der kleine blonde Schnurrbart sah aus, als wenn er angeklebt wäre. »Also auf Wiedersehen, Fritzl«, sagte sie und streckte ihm zum Abschied die Hand entgegen. »Heut' abend beim Nachtmahl berichten Sie uns näheres von Ihrer Dachsteinpartie, nicht wahr?«

Fritz verbeugte sich etwas steif, dann küßte er Beatens Hand, was sie sich wie mit Ergebung in den raschen Lauf der Jahre gefallen ließ; endlich entfernte er sich mit gehobenem Selbstgefühl, das in seiner Haltung und seinem Gang zum Ausdruck kam. Und das, dachte Beate, ist nun ein Freund von meinem Hugo. Freilich, etwas älter als der, um eineinhalb oder zwei Jahre gewiß. Er war ja früher auch in einer höheren Klasse gewesen, Beate erinnerte sich, nur hatte er einmal repetieren müssen. Jedenfalls freute sie sich, daß er da war und mit Hugo Touren zu machen gedachte. Wenn sie die beiden Buben doch gleich auf eine acht- oder vierzehntägige Fußpartie schicken könnte! So zehn Stunden Marsch, sich den Bergwind um die Stirne blasen lassen, abends müd' aufs Stroh hinsinken und früh mit der Sonne wieder auf die Wanderschaft – wie schön und wie heilsam wäre das! Sie verspürte nicht übel Lust, selbst mitzuhalten. Aber das ging kaum an. Auf eine Tante oder Gouvernante verzichteten die Buben gewiß gern. Sie seufzte leise und strich sich mit der Hand über die Stirne.

Auf der Landstraße dem See entlang spazierte sie weiter. Vom Landungssteg war eben das kleine Dampfschiff abgegangen und schwamm blank und putzig quer übers Wasser nach dem sogenannten Auwinkel hin mit den paar stillen unter Kastanien und Obstbäumen versteckten Häusern, wo die Natur schon anfing Abend zu machen. Auf dem Sprungbrett in der Badeanstalt wippte irgendeine Figur in weißem Bademantel. Im See waren noch einige Schwimmer zu sehen. Die haben's besser als ich, dachte Beate und blickte nicht ohne Neid auf das Wasser hin, von dem ein kühlender, friedenbringender Hauch zu ihr geweht kam. Aber rasch wehrte sie die Versuchung von sich ab und mit eigensinniger Bestimmtheit setzte sie ihren Weg fort, bis sie sich fast unversehens vor der Villa befand, die Baronin Fortunata in diesem Sommer bewohnte. Von der Veranda, die sich längs der ganzen Front hinzog, über den mäßigen bunt in Malven und Levkojen blühenden Vorgarten schimmerten helle Kleider her. Ohne den Blick seitwärts zu wenden, spazierte Beate längs des weißen Zaunes weiter. Zu ihrer Beschämung fühlte sie ihr Herz lauter klopfen. Der Ton von zwei Frauenstimmen drang an ihr Ohr; Beate beschleunigte ihre Schritte, und plötzlich war sie an dem Haus vorüber. Sie beschloß vorerst in den Ort hinauf zu gehen, zum Kaufmann, wo es öfter etwas zu besorgen gab, und heute gewiß, da man einen Gast zum Abendessen hatte. Nach ein paar Minuten stand sie schon in Anton Meißenbichlers Laden, kaufte kaltes Fleisch, Obst und Käse und gab der kleinen Loisl mit einem Trinkgeld den Auftrag, das Päckchen gleich nach dem Eichwiesenweg zu bringen. Aber was nun? fragte sie sich, als sie draußen auf dem Kirchenplatz stand, dem offenen Friedhofstor gegenüber, und die vergoldeten Kreuze in der Abendsonne rötlich schimmern sah. Sollte sie ihren Plan einfach fallen lassen, weil ihr das Herz etwas rascher geschlagen hatte? Nie hätte sie eine solche Schwäche sich verziehen. Und die Strafe des Geschicks, sie fühlte es, wäre ihr sicher. Also es blieb nichts übrig als: zurück – und ohne weiteren Aufschub zur Baronin.

In wenigen Minuten war Beate unten am Ufer. Nun vorbei am Seehotel, auf dessen weitläufiger erhöhter Terrasse Sommergäste bei Kaffee und Eis saßen, dann noch an den zwei neuen riesengroßen modernen Villen, die sie so gar nicht leiden mochte; und zwei Sekunden später begegneten ihre Augen denen der Baronin, die unter einem weißen, rotgetupften Riesenschirm in einem geflochtenen Streckstuhl auf der Veranda lag. An die Wand gelehnt stand eine zweite Dame, mit elfenbein-gelblichem Gesicht, statuenhaft, in wallendem weißen Gewand. Fortunata hatte eben lebhaft gesprochen, verstummte nun plötzlich und ihre Züge wurden starr; gleich aber lösten sie sich wieder, ihr ganzes Gesicht ward ein Lächeln, ein Grüßen, ihr Blick ein wahrer Glanz von Herzlichkeit und Willkommen. Du Luder! dachte Beate, ein wenig indigniert über diesen ihren eigenen Ausdruck, und fühlte sich gerüstet. Und Fortunatas Stimme klang überheiter an ihr Ohr. »Guten Tag, Frau Heinold.«

»Guten Tag«, erwiderte Beate mit kaum erhobener Stimme, als läge ihr nicht viel daran, ob ihr Gruß auf der Veranda gehört würde oder nicht; und sie tat, als wollte sie weitergehen.

Fortunata aber rief zu ihr herüber: »Sie haben wohl die Absicht, heute ein Sonnen- und Staubbad zu nehmen, Frau Heinold.« Beate zweifelte nicht daran: dies hat Fortunata nur gesagt, um überhaupt ein Gespräch mit ihr anzuknüpfen. Denn die Bekanntschaft zwischen den beiden Frauen war so oberflächlicher Art, daß der scherzhafte Ton im Grunde nicht einmal sonderlich angebracht schien. Vor vielen Jahren, auf einem Bühnenfest, hatte Beate die junge Schauspielerin Fortunata Schön, eine Kollegin

Ferdinand Heinolds, kennen gelernt, und in der Zwanglosigkeit des lustigen Abends hatte das Ehepaar am gleichen Tisch mit ihr und ihrem damaligen Liebhaber soupiert und Champagner getrunken. Später waren wohl flüchtige Begegnungen im Theater und auf der Straße erfolgt, hatten aber niemals zu wirklichen Gesprächen auch nur von Minutendauer geführt. Vor acht Jahren, nach ihrer Verheiratung mit dem Baron, war Fortunata von der Bühne abgegangen und völlig aus dem Gesichtskreis Beatens verschwunden, bis diese sie vor wenigen Wochen hier in der Badeanstalt zufällig wieder getroffen hatte, um von dieser Begegnung an, wie es sich kaum vermeiden ließ, auf der Straße, im Wald, im Bad gelegentlich ein paar Worte mit ihr zu wechseln. Heute aber paßte es Beate sehr, daß die Baronin selbst geneigt schien, eine Unterhaltung zu beginnen, und so erwiderte sie möglichst unbefangen: »Sonnenbad...? Die Sonne ist ja schon fort – und am See ist's abends nicht so schwül wie im Wald oben.«

Fortunata hatte sich erhoben; mit ihrem schmalen, aber sehr wohlgebildeten Figürchen lehnte sie sich an die Brüstung und erwiderte etwas hastig, daß sie für ihren Teil die Waldspaziergänge vorziehe, insbesondere den zur

Einsiedelei finde sie geradezu ergreifend. Was für ein dummes Wort, dachte Beate, und fragte höflich, warum die Baronin bei dieser Vorliebe nicht lieber gleich eine der Villen am Waldesrand bezogen hätte. Die Baronin erklärte, daß sie oder vielmehr ihr Gemahl diese Villa hier auf eine Annonce hin gemietet hätte; übrigens sei sie in jeder Hinsicht zufrieden. »Aber wollen Sie nicht weiter spazieren, gnädige Frau«, setzte sie eilig hinzu, »und mit meiner Freundin und mir eine Tasse Tee trinken?« Und ohne eine Antwort abzuwarten, ging sie Beaten entgegen, reichte ihr eine schlanke, weiße, etwas unruhige Hand und geleitete sie mit übertriebener Freundlichkeit auf die Veranda, wo indes die andere Dame nach wie vor regungslos in ihrem wallenden weißen Musselingewand an der Mauer lehnte, mit einer Art von düsterem Ernst, der Beate halb unheimlich, halb komisch berührte. Fortunata stellte vor: »Fräulein Wilhelmine Fallehn − Frau Beate Heinold. Der Name dürfte dir nicht unbekannt sein, liebe Willy.«

»Ich habe Ihren Gatten unendlich verehrt«, sagte Fräulein Fallehn kühl und mit dunkler Stimme.

Fortunata bot Beaten einen gepolsterten Korbsessel an und entschuldigte sich, daß sie selbst sich sofort wieder so bequem wie früher hinstreckte. Nirgends noch hätte sie sich nämlich so müde, geradezu zerflossen gefühlt, als hier, besonders in den Nachmittagsstunden. Möglicherweise läge es daran, daß sie der Versuchung nicht widerstehen könne, zweimal täglich zu baden und jedesmal eine volle Stunde im Wasser zu bleiben. Aber wenn man so viele Wässer kenne, wie sie, Binnenseen und Flüsse und Meere, da komme man erst drauf, daß jedes Wasser gewissermaßen seinen eigenen Charakter habe. So sprach sie weiter, fein und allzu gewählt, wie es Beate vorkam; und strich sich zuweilen wie ermüdet mit der einen Hand über das rötlich gefärbte Haar. Ihr langes weißes, mit Klöppelspitzen besetztes Hauskleid hing zu beiden Seiten des niedern Streckstuhls auf den Boden nieder. Um den freien Hals trug sie eine bescheidene Schnur von kleinen Perlen. Ihr blasses schmales Gesicht war stark gepudert; nur die Nasenspitze schimmerte rötlich, und dunkelrot die offenbar geschminkten Lippen. Beate mußte sich an ein Bild aus einer illustrierten Zeitung erinnern, das einen an einem Laternenpfahl hängenden Pierrot vorstellte, ein Eindruck, der sich für sie dadurch verstärkte, daß

Fortunata, während sie sprach, die Augen halb geschlossen zu halten pflegte.
Tee und Gebäck war gebracht worden, das Gespräch kam in Gang, auch Wilhelmine Fallehn, die, zwangloser als vorher, die Tasse in der Hand, an der Brüstung lehnte, beteiligte sich daran; es glitt vom Sommer zum Winter über, man sprach von der Stadt, den Theaterzuständen, den unbedeutenden Nachfolgern Ferdinand Heinolds und von des Unvergessenen allzu frühem Tod. Wilhelmine äußerte in gemessenem Ton ihr Staunen, daß eine Frau den Verlust eines solchen Mannes zu überleben imstande sei, worauf die Baronin, Beatens Befremden gewahrend, schlicht bemerkte: »Du mußt wissen, Willy, Frau Heinold hat einen Sohn.«
In diesem Augenblick sah ihr Beate mit unbeherrschter Feindseligkeit in die Augen, die diesen Blick spöttisch-nixenhaft erwiderten; ja, es schien Beate geradezu, als wenn von Fortunata ein feuchter Duft ausginge wie von Schilf und Wasserrosen. Zugleich bemerkte sie, daß Fortunatens Füße nackt in den Sandalen staken, und daß sie unter dem weißen Leinenkleid nichts weiter anhatte. Indes aber redete die Baronin unbefangen weiter, sehr glatt und gebildet; sie behauptete, daß das Leben stärker

sei als der Tod, daß es daher am Ende immer recht behalten müsse; aber Beate fühlte, daß hier ein Geschöpf zu ihr sprach, dem nie ein geliebtes Wesen gestorben war, ja, das niemals einen Menschen, Mann oder Frau, wirklich geliebt hatte.

Wilhelmine Fallehn stellte plötzlich die Tasse hin. »Ich muß noch fertig packen«, erklärte sie, verabschiedete sich kurz und verschwand durch den Gartensalon.

»Meine Freundin reist nämlich heute nach Wien zurück«, sagte Fortunata. »Sie ist verlobt – gewissermaßen.«

»Ah«, machte Beate höflich.

»Wofür würden Sie sie wohl halten?« fragte Fortunata mit halbgeschlossenen Augen.

»Das Fräulein ist wahrscheinlich Künstlerin?«

Fortunata schüttelte den Kopf. »Eine Weile war sie allerdings beim Theater. Sie ist die Tochter eines hohen Offiziers. Besser gesagt, die Waise. Ihr Vater hat sich eine Kugel durch den Kopf gejagt aus Gram über ihren Lebenswandel. Schon vor zehn Jahren. Dabei ist sie heute siebenundzwanzig. Sie kann es weit bringen. – Nehmen Sie noch eine Tasse Tee?«

»Danke, Frau Baronin.« Sie atmete tief auf.

Nun war der Augenblick gekommen. Ihre Züge spannten sich mit einem Male so entschlossen an, daß Fortunata sich unwillkürlich halb aufrichtete. Und Beate begann mit Entschiedenheit: »Es ist nämlich kein Zufall, daß ich an Ihrem Hause vorbeigegangen bin. Ich habe mit Ihnen zu reden, Frau Baronin.«

»Oh«, sagte Fortunata, und unter dem gepuderten Pierrotgesicht zeigte sich eine leichte Röte. Sie stützte den einen Arm auf die Lehne ihres Streckstuhls und verschlang die unruhigen Finger ineinander.

»Erlauben Sie mir, kurz zu sein«, begann Beate.

»Ganz nach Ihrem Belieben. So kurz oder so lang Sie wollen, meine liebe Frau Heinold.«

Beate fühlte sich durch diese etwas herablassende Anrede gereizt und entgegnete ziemlich scharf: »Ganz kurz und einfach, Frau Baronin. Ich will nicht, daß mein Sohn Ihr Geliebter wird.«

Sie war vollkommen ruhig; ja, genau so war ihr zumute gewesen, als sie vor neunzehn Jahren einer alternden Witwe den künftigen Gatten abgefordert hatte.

Die Baronin erwiderte Beatens kühlen Blick nicht minder ruhig. »So«, sagte sie halb vor sich hin.« Sie wollen nicht? – Schade. Allerdings, die Wahrheit zu sagen, ich habe selbst noch gar nicht daran gedacht.«

»So wird es Ihnen um so leichter fallen«, erwiderte Beate etwas heiser, »meinen Wunsch zu erfüllen.«

»Ja, wenn es von mir allein abhinge –«

»Frau Baronin, nur von Ihnen hängt es ab. Das wissen Sie sehr gut. Mein Sohn ist fast noch ein Kind.«

Um Fortunatens geschminkte Lippen erschien ein schmerzlicher Zug. »Was muß ich doch für eine gefährliche Frau sein«, begann sie gedankenvoll. »Soll ich Ihnen sagen, warum meine Freundin abreist? Sie hätte nämlich den ganzen Sommer bei mir verbringen sollen, – und ihr Verlobter sollte sie hier besuchen. Und denken Sie, da bekam sie plötzlich Angst, Angst vor mir. Nun ja, vielleicht hat sie recht. Ich bin wohl so. Ich kann ja wirklich nicht für mich einstehen.«

Beate saß starr da. Eine solche Aufrichtigkeit, die fast schon Schamlosigkeit war, hatte sie nicht erwartet. Und sie erwiderte herb: »Nun, Frau Baronin, bei dieser Denkungsart wird Ihnen wohl wenig daran liegen, daß gerade mein Sohn – « Sie hielt inne.

Fortunata ließ einen Kinderblick auf Beate ruhen: »Was Sie da tun, Frau Heinold«, sagte sie in einem gleichsam neugefundenen Ton, »ist eigentlich rührend. Aber klug, meiner Seel', klug ist es nicht. Übrigens wiederhole ich, daß ich nicht im entferntesten daran gedacht habe... Wahrhaftig, Frau Heinold, ich glaube, Frauen wie Sie haben da eine falsche Auffassung von Frauen – meiner Art. Sehen Sie, vor zwei Jahren zum Beispiel, da habe ich drei volle Monate in einem holländischen Fischerdorf verbracht; mutterseelenallein. Und ich glaube, in meinem ganzen Leben bin ich nicht so glücklich gewesen. Und ebenso hätte es passieren können, daß ich auch in diesem Sommer – Oh, ich möchte es noch immer nicht ausschließen. Ich hatte niemals Vorsätze, nie in meinem Leben. Auch meine Heirat, ich versichere Sie, war der reine Zufall.« Und sie blickte auf, als fiele ihr plötzlich etwas ein. »Oh, haben Sie am Ende Angst vor dem Baron? Fürchten Sie, daß für Ihren – Ihren Herrn Sohn von dieser Seite irgendwelche Unannehmlichkeiten – Was das anbelangt –« Und sie schloß lächelnd die Augen.

Beate schüttelte den Kopf. »An Gefahren von dieser Seite habe ich wirklich nicht gedacht.«

»Nun, man könnte immerhin auch daran denken. Ehemänner sind ja unberechenbar. Aber sehen Sie, Frau Heinold«, und sie schlug die Augen wieder auf, »wenn diese Erwägung wirklich nicht mitgespielt hat, dann wird es mir noch unbegreiflicher – ganz im Ernst. Wenn ich zum Beispiel einen Sohn hätte, im Alter Ihres Hugo –«

»Sie kennen seinen Namen?« fragte Beate streng.

Fortunata lächelte. »Sie haben ihn mir doch selbst genannt. Neulich, auf der Landungsbrücke.«

»Ganz recht. Verzeihen Sie, Frau Baronin.«

»Also, liebe Frau Heinold, ich wollte sagen: Wenn i c h einen Sohn hätte, und er würde sich – zum Beispiel in eine Frau wie Sie verlieben, ich weiß nicht – ich glaube, ich könnte mir für einen jungen Menschen ein besseres Debüt gar nicht vorstellen.«

Beate rückte den Sessel, als wollte sie aufstehn.

»Wir sind doch hier Frauen unter uns«, meinte Fortunata beschwichtigend.

»Sie haben keinen Sohn, Frau Baronin... und dann –« Sie hielt inne.

»Ach ja, Sie meinen, es wäre dann auch noch ein gewisser Unterschied. Mag sein. Aber dieser

Unterschied würde die Angelegenheit – für meinen Sohn – nur bedenklicher machen. Denn Sie, Frau Heinold, würden so eine Sache ja wahrscheinlich ernst nehmen. Hingegen ich – ich!! Ja wirklich, je mehr ich es mir überlege, Frau Heinold, es wäre klüger gewesen, wenn Sie mit der entgegengesetzten Bitte zu mir gekommen wären. Wenn Sie mir Ihren Sohn« – und sie lächelte mit halbgeschlossenen Augen – »sozusagen ans Herz gelegt hätten.«

»Frau Baronin!« Beate war fassungslos. Sie hätte schreien mögen.

Fortunata lehnte sich zurück, kreuzte die Arme unter dem Kopf und schloß die Augen völlig. »Solche Dinge kommen nämlich vor«... Und sie begann zu erzählen. »Vor – leider recht vielen Jahren, irgendwo in der Provinz, da hatte ich eine Kollegin, die damals ungefähr so alt war wie ich jetzt. Sie spielte das heroisch-sentimentale Fach. Zu der kam eines Tages die Gräfin... nun, der Name tut nichts zur Sache... Also ihr Sohn, der junge Graf, hatte sich in ein Bürgermädel verliebt, aus guter, aber ziemlich armer Familie. Beamte oder so was. Und der junge Graf wollte das Mädel durchaus heiraten. Dabei war er noch nicht zwanzig. Und die Gräfin Mutter – wissen Sie, was die kluge Dame tat?

Eines schönen Tages erscheint sie bei meiner
Kollegin und redet mit ihr... und bittet sie...
Na – kurz und gut, sie arrangiert das so, daß ihr
Sohn in den Armen meiner Kollegin das Bürgermädel vergißt und –«
»Ich bitte doch von solchen Anekdoten lieber
abzusehen, Frau Baronin.«
»Es ist keine Anekdote. Es ist eine wahre Geschichte und eine sehr moralische obendrein.
Eine Mesalliance wurde verhindert, eine un-
glückliche Ehe, vielleicht gar ein Selbstmord
oder ein Doppelselbstmord.«
»Mag sein«, sagte Beate. »Aber all das gehört
doch gar nicht her. Ich bin jedenfalls anders als
diese Gräfin. Und für mich ist der Gedanke
ganz einfach unerträglich... unerträglich –«
Fortunata lächelte und schwieg eine Weile, als
wollte sie eine Beendigung des Satzes erzwin-
gen. Dann sagte sie: »Ihr Sohn ist sechzehn...
oder siebzehn?«
»Siebzehn«, erwiderte Beate und ärgerte sich
sofort, daß sie so gehorsam Auskunft erteilt
hatte.
Fortunata schloß die Augen halb und schien
sich irgendeiner Vision hinzugeben. Und sie
sagte wie aus einem Traum: »Da werden Sie
sich wohl an den Gedanken gewöhnen müssen.

Bin ich's nicht, so ist es eine andere. – Und wer sagt Ihnen –« aus den plötzlich geöffneten Augen kam ein grünes Schillern – »daß es eine Bessere sein wird?«

»Wollen Sie, Frau Baronin«, erwiderte Beate mit mühseliger Überlegenheit, »diese Sorge getrost mir überlassen.«

Fortunata seufzte leise. Plötzlich schien sie ermüdet und sagte: »Nun, wozu länger darüber reden. Ich will Ihnen gern gefällig sein. Also, Ihr Herr Sohn hat nichts von mir zu fürchten – oder, wie man es vielleicht auch auffassen könnte, zu hoffen... Wenn Sie nicht« – und nun waren ihre Augen groß, grau und klar, »überhaupt auf einer falschen Fährte sind, Frau Heinold. Denn ich, ganz aufrichtig, nun, mir ist es bisher nicht aufgefallen, daß ich auf Hugo« – sie ließ den Namen langsam auf der Zunge zergehen – »einen sonderlichen Eindruck gemacht hätte.« Und sie sah Beate unschuldsvoll ins Gesicht. Diese, dunkelrot geworden, hatte die Lippen wortlos aneinander gepreßt. »Also, was soll ich tun?« fragte Fortunata schmerzlich. »Abreisen? Ich könnte ja meinem Gatten schreiben, daß mir die Luft hier nicht zusagt. Was glauben Sie, Frau Heinold?«

Beate zuckte die Achseln. »Wenn Sie nur wirk-

lich wollen, ich meine, wenn Sie die Güte haben wollten ... sich um meinen Sohn nicht zu kümmern, ... es wird ja nicht so schwer sein, Frau Baronin, Ihr Wort würde mir genügen.«
»Mein Wort? Bedenken Sie nicht, Frau Heinold, daß in solchen Dingen Worte und Schwüre, oh, auch von andern Frauen als ich eine bin, sehr wenig zu bedeuten haben?«
»Sie lieben ihn ja nicht«, rief Beate plötzlich ohne alle Zurückhaltung aus. »Es wäre eine Laune, weiter nichts. Und ich bin seine Mutter. Frau Baronin, Sie werden mich einen solchen Schritt nicht vergebens haben tun lassen.«
Fortunata stand auf, sah Beate lange an und streckte ihr die Hand entgegen. Sie schien sich mit einem Male überwunden zu geben. »Ihr Herr Sohn ist von dieser Stunde an für mich nicht mehr auf der Welt«, sagte sie ernst. »Verzeihen Sie, daß ich Sie so lange auf diese — selbstverständliche Antwort habe warten lassen.«
Beate nahm ihre Hand und empfand in diesem Augenblick Sympathie, ja, eine Art von Mitleid für die Baronin. Fast fühlte sie sich versucht, mit einem Wort der Entschuldigung Abschied von ihr zu nehmen. Aber sie unterdrückte diese Regung, vermied es sogar, etwas auszuspre-

chen, das wie ein Dank hätte klingen können und sagte nur ziemlich hilflos: »Nun, dann ist ja die Sache in Ordnung, Frau Baronin.« Und stand auf.

»Sie wollen schon gehen?« fragte Fortunata in ganz gesellschaftlichem Ton.

»Ich habe Sie lange genug aufgehalten«, erwiderte Beate ebenso.

Fortunata lächelte, und Beate kam sich etwas dumm vor. Sie ließ es zu, daß die Baronin sie bis zur Gartentür begleitete, und reichte ihr hier nochmals die Hand. »Ich danke Ihnen für Ihren Besuch«, sagte Fortunata sehr liebenswürdig und fügte hinzu: »Wenn ich in der allernächsten Zeit nicht dazu kommen sollte, ihn zu erwidern, so werden Sie es mir hoffentlich nicht übelnehmen.«

»Oh«, sagte Beate und erwiderte noch von der Straße her das freundliche Kopfnicken der Baronin, die an der Gartentüre stehengeblieben war. Unwillkürlich ging Beate rascher als sonst und hielt sich auf der ebenen Landstraße; sie konnte ja später auf den schmalen Waldpfad abbiegen, der steil und geraden Wegs zur Villa des Direktors führte. Wie steht's nun eigentlich, fragte sie sich erregt. Bin ich die Siegerin geblieben? Sie hat mir wohl ihr Wort gegeben. Ja.

Aber sagte sie nicht selbst, daß Frauenschwüre nicht viel bedeuten? Nein, sie wird es nicht wagen. Sie hat ja nun gesehen, wozu ich fähig bin. Die Worte Fortunatens klangen in ihr weiter. Wie sonderbar sie nur von jenem Sommer in Holland gesprochen hatte! Wie von einem Ausruhen und Aufatmen nach einer wilden, süßen, aber wohl auch schweren Zeit. Und sie mußte sich Fortunata plötzlich vorstellen im weißen Leinenkleid über dem nackten Leib an einem Meeresstrand dahinlaufend, wie von bösen Geistern gehetzt. Es mochte nicht immer schön sein, solch ein Dasein, wie es Fortunata beschieden war. In gewissem Sinn war sie wohl, wie manche Frauen ihrer Art, innerlich zerstört, verrückt und kaum verantwortlich für das Unheil, das sie anrichtete. Nun, sie konnte ja tun, was sie wollte, nur Hugo sollte sie gefälligst in Frieden lassen. Mußte es denn gerade der sein? Und Beate lächelte, als ihr einfiel, daß man ja der Frau Baronin, als Ersatz gewissermaßen, einen eben angelangten hübschen jungen Herrn namens Fritz Weber hätte anbieten können, mit dem diese wohl auch ganz zufrieden gewesen wäre. Ja, den Antrag hätte sie ihr stellen sollen. Wahrlich, das hätte diesem kostbaren Gespräch die letzte Würze gegeben! Was es doch für

Frauen gab! Was für ein Leben die führten! So daß sie von Zeit zu Zeit in holländischen Fischerdörfern sich erholen mußten. Für andere wieder war das ganze Leben solch ein holländisches Fischerdorf. Und Beate lächelte ohne rechte Heiterkeit.

Sie stand vor dem Parktor der Welponerschen Villa und trat ein. Vom Tennisplatz her, der sich ziemlich nah dem Eingang befand, durch das dünne Gesträuch, sah Beate weiße Gewänder schimmern, hörte die wohlbekannten Rufe und trat näher. Zwei Geschwisterpaare standen einander gegenüber: der Sohn und die Tochter des Hauses, neunzehn und achtzehn alt, beide dem Vater ähnlich, mit dunkeln Augen und starken Brauen, in Zügen und Gebärden die italienisch-jüdische Abstammung verratend; auf der andern Seite der Doktor Bertram und seine überschlanke Schwester Leonie, die Kinder eines berühmten Arztes, der hier im Ort seine Villa bewohnte. Beate blieb zuerst in einiger Entfernung stehen, freute sich an der kräftig-freien Bewegung der jungen Gestalten, dem scharfen Flug der Bälle und fühlte sich wohlig angeweht von dem frischen Hauch eines zwecklos holden Kampfspieles. Nach wenigen Minuten endete der Gang. Die beiden Paare, die Rakette in der

Hand, begegneten einander am Netz, plaudernd blieben sie da stehen; die Mienen, früher gespannt in der Erregung des Spiels, verschwammen in einer Art von leerem Lächeln, die Blicke, die eben noch spähend dem Schwung der Bälle gefolgt waren, tauchten weich ineinander; seltsam, fast schmerzlich berührt empfand Beate, wie es nun in der früher so reinen Atmosphäre gleichsam zu dunsten und zu wetterleuchten begann, und sie mußte denken: wie wohl dieser Abend endete, wenn mit einem Male durch irgendein Wunder alle Gebote der Sitte aus der Welt geschafft wären und diese jungen Leute ohne jedes Hindernis ihren geheimen, jetzt vielleicht von ihnen selbst nicht geahnten Trieben folgen dürften? Und plötzlich fiel ihr ein, daß es ja solche gesetzlose Welten gab; daß sie selbst eben aus einer solchen emporgestiegen kam und den Duft von ihr noch in den Haaren trug. Darum nur sah sie ja heute, was ihren harmlosen Augen sonst immer entgangen war. Darum nur –? Waren jene Welten ihr einstmals nicht geheimnisvoll vertraut gewesen? War sie nicht selbst einst die Geliebte von Gesegneten und Gezeichneten.. Spiegelklaren und Rätselvollen.. von Verbrechern und Helden..?

Sie war bemerkt worden. Man grüßte sie händewinkend; sie trat näher an das Drahtgitter heran, die andern zu ihr, und ein flüchtiges Plaudern ging hin und her. Aber es war ihr, als sähen die beiden jungen Männer sie an, wie sie noch niemals sie angesehen. Insbesondere der junge Doktor Bertram hatte eine Art von überlegenem Spott um die Lippen, ließ seine Blicke an ihr auf und ab gleiten, wie er es noch nie getan oder wie sie es noch nie bemerkt hatte. Und als sie sich verabschiedete, um doch endlich nach der Villa hinaufzugehen, nahm er scherzend durch das Drahtgitter einen ihrer Finger und drückte einen Kuß darauf, der gar nicht enden wollte. Und er lächelte frech, als dunkle Falten des Unmuts auf ihrer Stirn erschienen.

Oben auf der gedeckten, etwas zu prächtigen Terrasse fand Beate die beiden Ehepaare Welponer und Arbesbacher beim Tarockspiel. Sie gab durchaus nicht zu, daß man sich stören ließe, drückte den Direktor, der sich anschickte, die Karten hinzulegen, auf seinen Stuhl nieder, dann nahm sie Platz zwischen ihm und seiner Frau. Sie wollte dem Spiele zusehen, wie sie sagte, aber sie tat es kaum und blickte bald über die steinerne Balustrade weg zu den Bergrändern hinüber, auf denen die Sonne verglänzte.

Ein Gefühl von Sicherheit und Dazugehören kam hier über sie, wie sie es bei den jungen Leuten draußen nicht empfunden hatte; – das sie beruhigte und zu gleicher Zeit traurig machte. Die Frau des Direktors bot ihr Tee an in jener etwas herablassenden Art, an die man sich immer erst gewöhnen mußte. Beate dankte; sie hätte eben erst getrunken. Eben erst? Wie viele Meilen weit lag doch das Haus mit der frechgezackten Fahne! Wie viele Stunden oder Tage lang war sie von dort bis hierher gegangen! Schatten sanken auf den Park, die Sonne von den Bergen schwand plötzlich, von der Straße unten, die hier nicht sichtbar war, drangen unbestimmte Geräusche. Beate war es mit einemmal so einsam zumute, wie es ihr in solchen Dämmerstunden auf dem Land nur sehr bald nach Ferdinands Tod und nachher nie wieder gewesen war. Auch Hugo war ihr mit einem Male ins Wesenlose entschwunden und wie unerreichbar fern. Eine wahrhaft quälende Sehnsucht nach ihm erfaßte sie, und hastig empfahl sie sich von der Gesellschaft. Der Direktor ließ es sich nicht nehmen, sie zu begleiten. Er ging mit ihr die breite Freitreppe hinab, dann wieder den Teich entlang, in dessen Mitte der Springbrunnen schlief, dann am Tennisplatz vorüber, wo die Geschwisterpaare trotz des sinkenden Abends so eifrig weiterspielten, daß sie die Vorbeispazierenden nicht bemerkten. Der Direktor warf einen trüben Blick nach jener Seite, den Beate nicht zum erstenmal an ihm gewahrte. Aber ihr war, als verstünde sie auch den heute zum erstenmal. Sie wußte, daß der Direktor mitten in seiner angestrengten und erfolgreichen Tätigkeit eines kühnen Finanzmannes von der Melancholie des Alterns angerührt war. Und während er an ihrer Seite schritt, die hohe Gestalt nur wie aus Affektation ein wenig vorgebeugt, und ein leichtes Gespräch mit ihr führte, über das wunderbare Sommerwetter und über allerlei Ausflüge, die man eigentlich unternehmen sollte und zu denen man sich doch nie entschloß, spürte Beate immer wieder, daß es sich zwischen ihm und ihr, gleich unsichtbaren Herbstfäden, hin und her spann; und in den Handkuß beim Abschied am Parktor legte er eine ritterliche Schwermut, deren Nachempfindung sie auf dem ganzen Heimweg begleitete.

Schon an der Türe teilte ihr das Dienstmädchen mit, daß Hugo und ein anderer junger Herr sich im Garten befänden, und ferner, daß die Post ein Paket gebracht hätte. Beate fand es in ihrem Zimmer liegen und lächelte befriedigt. Meinte

das Schicksal es nicht gut mit ihr, daß es aus
ihrer überflüssigen kleinen Lüge unversehens
eine Wahrheit gemacht hatte? Oder sollte das
vielleicht nur warnend bedeuten: Diesmal
geht's dir noch hin? Das Paket kam von Doktor
Teichmann. Es enthielt Bücher, deren Zusen-
dung er ihr versprochen hatte: Memoiren und
Briefe großer Staatsmänner und Feldherren,
von Persönlichkeiten also, denen der kleine Advokat, wie Beate bekannt war, die höchste Bewunderung entgegenbrachte. Beate ließ sich
vorläufig an der Betrachtung der Titelblätter
genügen, legte in ihrem Schlafzimmer den Hut
ab, nahm einen Schal um die Schultern und begab sich in den Garten. Unten am Zaun erblickte sie die Buben, die, ohne sie zu bemerken, un-
unterbrochen wie toll in die Höhe sprangen. Als
Beate nähertrat, sah sie, daß beide die Röcke
abgelegt hatten. Nun lief Hugo ihr entgegen
und küßte sie, nach Wochen zum erstenmal,
kindlich stürmisch auf beide Wangen. Fritz
schlüpfte eilig in seinen Rock, verbeugte sich
und küßte Beate die Hand. Sie lächelte. Es war
ihr, wie wenn er jenen andern melancholischen
Kuß durch die Berührung seiner jungen Lippen
weghauchen wollte.
»Ja, was treibt ihr denn da?« fragte Beate.

»Kampf um die Weltmeisterschaft im Hochsprung«, erklärte Fritz.

Die hohen Ähren jenseits des Zauns bewegten sich im Abendwind. Unten lag der See mattgrau und erloschen. »Du könntest dir auch den Rock anziehen, Hugo«, sagte Beate und strich ihm zärtlich das feuchte Blondhaar aus der Stirn. Hugo gehorchte. Beate fiel es auf, daß ihr Bub gegenüber seinem Freunde etwas unelegant und knabenhaft aussah, aber es berührte sie zugleich angenehm. »Also denk' dir, Mutter«, sagte Hugo, »der Fritz will mit dem Halb-neun-Uhr-Zug wieder nach Ischl zurück.«

»Warum denn?«

»Kein Zimmer zu kriegen, gnädige Frau. Erst in zwei, drei Tagen wird vielleicht eins frei.«

»Deswegen werden Sie doch nicht zurückfahren, Herr Fritz? Wir haben ja Platz für Sie.«

»Ich hab' ihm schon gesagt, Mutter, daß du gewiß nichts dagegen haben wirst.«

»Aber was sollte ich denn dagegen haben. Selbstverständlich übernachten Sie oben im Fremdenzimmer. Wozu haben wir's denn?«

»Gnädige Frau, ich möchte um keinen Preis Ungelegenheiten machen. Ich weiß, wie meine Mama immer außer sich ist, wenn wir in Ischl Logierbesuch kriegen.«

»Also bei uns ist das anders, Herr Fritz.«
Und man einigte sich, daß das Gepäck des jungen Herrn Weber aus dem Posthof, wo es vorläufig in Verwahrung lag, heraufgeschafft und daß er bis auf weiteres in der Mansarde wohnen sollte, wogegen Beate sich feierlich verpflichtete, ihn einfach »Fritz« ohne »Herr« zu nennen.
Beate gab im Hause die nötigen Anordnungen, hielt es für passend, die jungen Leute für einige Zeit sich selbst zu überlassen und erschien erst wieder beim Abendessen in der Glasveranda. Zum erstenmal seit vielen Tagen zeigte sich Hugo von unbefangener Lustigkeit; und auch Fritz hatte es aufgegeben, den erwachsenen jungen Herrn zu spielen. Zwei Schulbuben saßen am Tisch, die gewohntermaßen damit anfingen, ihre Professoren durchzuhecheln, um sich dann sachlich über die Aussichten des nächsten letzten Gymnasialjahres und endlich über fernere Zukunftspläne zu unterhalten. Fritz Weber, der Mediziner werden wollte, hatte, wie er erzählte, schon im verflossenen Winter einmal den Seziersaal besucht und ließ durchblicken, daß andere Gymnasiasten so gewaltigen Eindrücken kaum gewachsen sein dürften. Hugo seinerseits war seit lange entschlossen, sich der Altertums-

forschung zu widmen. Er besaß eine kleine Sammlung von Antiquitäten: eine pompejanische Lampe, ein Stückchen Mosaik aus den Thermen des Caracalla, ein Pistolenschloß aus der Franzosenzeit und dergleichen mehr. Demnächst gedachte er übrigens hier am See Grabungen anzustellen, und zwar drüben im Auwinkel, wo Reste von Pfahlbauten entdeckt worden wären. Fritz verhehlte nicht seine Zweifel hinsichtlich der Echtheit von Hugos Museumsstücken. Insbesondere jenes Pistolenschloß, das Hugo persönlich auf der Türkenschanze gefunden hatte, war ihm immer verdächtig gewesen. Beate meinte, für solchen Skeptizismus sei Fritz doch noch zu jung, worauf dieser erwiderte, das habe nichts mit dem Alter zu tun, das sei Anlage. Mein Hugo, dachte Beate, ist mir lieber als dieser frühreife Bengel. Freilich, er wird es schwerer haben. Sie sah ihn an. Seine Augen blickten in irgendeine Ferne, wohin Fritz ihm gewiß nicht folgen konnte. Beate dachte weiter: Er hat natürlich keine Ahnung, was diese Fortunata für eine Person ist. Wer weiß, was er sich einbildet. Sie ist für ihn vielleicht eine Art Märchenprinzessin, die ein böser Zauberer gefangen hält. Wie er nur dasitzt mit seinem zerstrubbelten blonden Haar und der unordentlichen Krawatte. Und es ist auch noch immer sein Kindermund, der volle rote, süße Kindermund! Freilich, den hatte sein Vater auch. Immer diesen Kindermund und diese Kinderaugen. Und sie sah ins Dunkel hinaus, das über der Wiese hing, so schwer und schwarz, als sei der Wald selbst bis vors Fenster gerückt.

»Ist es erlaubt, zu rauchen?« fragte Fritz. Beate nickte, worauf Fritz eine silberne Zigarettentasche mit goldenem Monogramm zum Vorschein brachte und sie anmutig der Hausfrau darbot. Beate nahm eine Zigarette, ließ sich Feuer geben und erfuhr, daß Fritz seinen Tabak direkt aus Alexandrien beziehe. Auch Hugo rauchte heute. Es war, so gestand er, genau die siebente Zigarette seines Lebens. Fritz vermochte die seinen längst nicht mehr zu zählen. Übrigens hatte er die Dose von seinem Vater geschenkt erhalten, der glücklicherweise vorgeschrittene Ansichten hegte, und er berichtete gleich das Neueste: seine Schwester würde Matura ablegen in drei Jahren und wahrscheinlich Medizin studieren, geradeso wie er selber. Beate warf einen raschen Blick auf Hugo, der leicht errötete. War es am Ende noch die Liebe zur kleinen Elise, die er im Herzen trug –, und die an dem schmerzlich gespannten Zug um seine Lippen schuld hatte? »Könnte man nicht noch ein bißchen rudern?« fragte Fritz. »Es ist eine so schöne Nacht, und so warm.«

»Warten Sie lieber auf Mondschein«, meinte Beate. »Es ist gar zu unheimlich, in solchen schwarzen Nächten da draußen herumzufahren.«

»Das find' ich auch«, sagte Hugo. Fritz zuckte verächtlich die Nasenflügel. Dann aber einigten sich die Buben dahin, daß sie zur Feier des Tags auf der Terrasse des Seehotels Eis essen wollten.

»Ihr Lumpen«, sagte Beate mit einem matten Abschiedsscherz, als sie gingen.

Dann sah sie oben in der Mansarde nach, ob alles in Ordnung wäre, und wirtschaftete ihrer Gewohnheit nach noch ein wenig im Hause herum. Endlich begab sie sich in ihr Schlafzimmer, kleidete sich aus und legte sich zu Bett. Bald hörte sie draußen Gepolter und eine Männerstimme; offenbar hatte der Lohndiener Fritzens Koffer gebracht, der nun über die Holztreppe hinaufgeschafft wurde. Dann folgte noch ein Getuschel zwischen dem Stubenmädchen und dem Lohndiener, das länger dauerte als dringend notwendig war; endlich wurde es still.

Beate nahm sich eines der heroischen Bücher aus der Teichmannschen Sendung und begann die Denkwürdigkeiten eines französischen Reitergenerals zu lesen. Aber sie war nicht recht bei der Sache, unruhig und müde zugleich. Es schien ihr, als wenn gerade die tiefe Stille ringsum sie nicht schlafen ließe. Nach geraumer Zeit hörte sie die Haustür gehen, gleich darauf leise Schritte, Flüstern, Lachen. Das waren die Buben! Über die Treppe versuchten sie möglichst geräuschlos hinaufzugelangen. Dann kam von oben ein Rücken, ein Knarren, ein Raunen; – dann wieder gedämpfte Schritte die Treppe hinab. Das war Hugo, der sich in sein Zimmer zur Ruhe begab. Und nun war alles im Hause verstummt. Beate legte das Buch zur Seite, drehte das Licht aus und schlief beruhigt, ja in einer fast beglückten Stimmung ein.

ZWEITES KAPITEL

Nun war man endlich am Ziel. Es hatte, wie allgemein festgestellt wurde, länger gedauert, als der Baumeister berechnet hatte. Dieser widersprach. »Was hab' ich denn g'sagt? Drei Stunden vom Eichwiesenweg aus. Daß wir um neun fortgegangen sind statt um acht, dafür kann ich doch nichts.« »Aber jetzt ist's halb zwei«, bemerkte Fritz. »Ja, seine Zeitberechnungen«, sagte traurig die Baumeisterin, »die stehen einzig da.« »Wenn Damen dabei sind«, erklärte ihr Gatte, »muß man immer fünfzig Perzent draufschlagen. Auch wenn man mit ihnen einkaufen geht, das ist eine alte G'schicht'.« Und er lachte dröhnend.
Der junge Doktor Bertram, der sich seit Beginn des Ausflugs stets in der Nähe Beatens gehalten hatte, breitete seinen grünen Mantel auf die Wiese hin. »Bitte, gnädige Frau«, sagte er und wies mit einem feinen Lächeln hinab. Seine Worte und Blicke waren sehr anspielungsreich, seit er vor vierzehn Tagen durch das Gitter des Tennisplatzes Beatens Finger geküßt hatte. »Danke«, erwiderte ablehnend Beate, »ich bin

versorgt.« Und, auf einen Blick von ihr, rollte Fritz den schottischen Plaid, den er auf dem Arm trug, mit kühnem Schwunge auf. Aber der Wind strich so stark über die Alm, daß der Plaid flatterte gleich einem Riesenschleier; bis ihn Beate am andern Ende erfaßte und ihn mit Fritzens Beihilfe niederbreitete.

»Da heroben weht immer so ein Lüfterl«, sagte der Baumeister. »Aber schön ist es, was?« Und mit einer großen Handbewegung wies er in die Runde.

Sie befanden sich auf einer weithin gedehnten kurzgemähten Wiese, die, gleichmäßig abfallend, die Aussicht nach allen Seiten freiließ, blickten rings um sich und schwiegen eine Weile in beifälliger Betrachtung. Die Herren hatten ihre Lodenhüte abgenommen; Hugos Haar war noch zerwühlter als sonst, die gesträubten weißen Haarspitzen des Baumeisters rührten sich, auch Fritzens wohlgepflegte Frisur litt einigen Schaden, nur Bertrams niedergekämmtem hellblonden Scheitel vermochte der Wind, der unablässig über die Höhe strich, nichts anzuhaben. Arbesbacher nannte die einzelnen Bergkuppen mit Namen, gab die verschiedenen Höhenmaße an und bezeichnete einen Felsen jenseits des Sees, der von Norden aus bisher nicht erstiegen worden sei. Doktor Bertram bemerkte, dies sei ein Irrtum; er selbst habe jene Nordwand voriges Jahr erklettert.

»Da müssen Sie aber der erste gewesen sein«, meinte der Baumeister.

»Das ist möglich«, erwiderte Bertram beiläufig und lenkte die Aufmerksamkeit sofort auf eine andere Bergspitze, die viel harmloser aussähe und an die er sich doch noch niemals herangewagt habe. Er wisse eben ganz genau, wieviel er sich zutrauen dürfe; sei durchaus nicht tollkühn und habe gegen den Tod Erhebliches einzuwenden. Das Wort »Tod« sprach er ganz leichthin aus, wie ein Fachmann, der es verschmäht, vor einem Laienkreis groß zu tun.

Beate hatte sich auf den schottischen Plaid hingestreckt und sah zum mattblauen Himmel auf, an dem dünne weiße Sommerwolken hinzogen. Sie wußte, daß Doktor Bertram nur für sie sprach und daß er ihr all seine interessanten Eigenschaften, Stolz und Bescheidenheit, Todesverachtung und Lebensdrang gewissermaßen zur gefälligen Auswahl vorlegte. Aber es wirkte nicht im geringsten auf sie.

Die jüngsten Teilnehmer der Partie, Fritz und Hugo, hatten in ihren Rucksäcken den Proviant mitgebracht. Leonie war ihnen beim Auspakken behilflich, auch strich sie dann die Butterbrote, damenhaft und mütterlich, nicht ohne vorher die gelben Handschuhe abgestreift und in ihren braunen Ledergürtel gesteckt zu haben. Der Baumeister entkorkte die Flaschen, Doktor Bertram schenkte ein, reichte den Damen die gefüllten Gläser und sah an Beate vorbei mit absichtlicher Zerstreutheit nach dem unbezwingbaren Gipfel jenseits des Sees. Und alle fanden es köstlich, wie sie da oben, vom Bergwind umweht, sich an belegten Butterbroten und herbem Terlaner erlaben durften. Den Schluß des Mahles bildete eine Torte, die Frau Direktor Welponer heute früh zu Beate gesandt hatte, zugleich mit der Entschuldigung, daß sie und die Ihrigen nun leider an dem Ausflug doch nicht teilnehmen könnten, auf den sie sich schon so sehr gefreut hatten. Die Absage war nicht unerwartet gekommen. Die Familie Welponer aus ihrem Park hervorzulocken, das wurde allmählich zum Problem, wie Leonie behauptete. Der Baumeister brachte in Erinnerung, daß die verehrten Anwesenden sich auf ihre Unternehmungslust am Ende auch nicht viel einbilden müßten. Wie verbrachte man denn die schöne Sommerszeit? Man lahndelte, wie er sich ausdrückte, auf den Waldwegen herum, badete im

See, spielte Tennis und Tarock; aber wievieler Vorbesprechungen und Vorbereitungen hatte es bedurft, bis man sich nur endlich entschlossen hatte, wieder einmal nach langer Zeit die Almwiese zu erklimmen, was doch wirklich nur als Spaziergang gelten konnte!

Beate dachte bei sich, daß sie selbst nur ein einziges Mal hier oben gewesen war, — mit Ferdinand, vor zehn Jahren schon, in demselben Sommer also, als sie die neugebaute Villa bezogen hatten. Doch sie vermochte es gar nicht zu fassen, daß es dieselbe Wiese sein sollte, auf der sie heute ruhte: so völlig anders, weiterhingestreckt und leuchtender, hatte sie sie in der Erinnerung bewahrt. Eine sanfte Traurigkeit schlich sich in ihr Herz. Wie allein sie doch war unter all den Leuten. Was sollte ihr die Lustigkeit und das Geplauder ringsherum? Da lagen sie nun alle auf der Wiese und ließen die Gläser aneinanderklingen. Fritz rührte mit dem seinen an das Beatens; aber dann, während sie das ihre schon längst geleert hatte, hielt er das seine noch immer regungslos in der Hand und starrte sie an. Welch ein Blick! dachte Beate. Noch verzückter und durstiger als die, mit denen er mich in den letzten Tagen daheim anzustrahlen pflegt. Oder scheint es mir so, weil ich so rasch hintereinander drei Glas Wein getrunken habe? Sie streckte sich wieder der Länge nach auf ihren Plaid hin, an die Seite der Baumeisterin, die fest eingeschlafen war, blinzelte in die Luft und sah ein schmales Rauchwölkchen elegant in die Höhe steigen, – von der Zigarette Bertrams jedenfalls, den sie im übrigen nicht sehen konnte. Aber sie spürte, wie sein Blick sich ihr entlang schmeichelte bis an ihren Nacken, wo sie ihn eine Weile körperlich zu empfinden glaubte, bis sie endlich merkte, daß es ein Grashalm war, der sie kitzelte. Wie von fern klang die Stimme des Baumeisters an ihr Ohr, der den Buben von der Zeit berichtete, da dort unten die kleine Bahn noch nicht verkehrt hatte; und obwohl seither noch keine fünfzehn Jahre verstrichen waren, wußte er um diese Epoche eine Atmosphäre von grauem Altertum zu verbreiten. Unter anderem erzählte er von einem betrunkenen Kutscher, der ihn damals in den See hineingefahren und den er daraufhin beinahe totgeprügelt hatte. Dann gab Fritz eine Heldentat zum besten; im Wiener Wald hatte er jüngst einen höchst bedenklichen Kerl einfach dadurch in die Flucht gejagt, daß er in die Tasche griff, als wenn er dort seinen Revolver verwahrt hätte. Denn auf Geistesgegenwart kam es an, wie er erläuternd bemerkte, nicht auf den Revolver. »Nur schad'«, sagte der Baumeister, »daß man nicht immer eine sechsläufig geladene Geistesgegenwart bei sich hat.« Die Buben lachten. Wie kannte es Beate, dieses herzliche, doppelstimmige Lachen, an dem sie nun so oft daheim während der Mahlzeiten und in ihrem Garten sich freuen durfte: und wie recht war es ihr, daß die Buben sich so trefflich vertrugen. Neulich waren sie sogar zwei Tage lang zusammen fortgewesen, wohlausgerüstet, auf einer Tour nach den Gosauseen, als Vorbereitung für die geplante Septemberwanderung. Allerdings waren sie schon von Wien her enger befreundet, als Beate gewußt hatte. So hatte sie als eine Neuigkeit, die ihr Hugo törichterweise verschwiegen, unter anderen erfahren, daß die beiden zuweilen abends nach der Turnstunde in einem Vorstadtkaffeehaus Billard zu spielen pflegten. Aber in jedem Fall fühlte sie sich Fritz für sein Hierherkommen im Innersten dankbar. Hugo war nun wieder so frisch und unbefangen wie je, der schmerzlich gespannte Zug war von seinem Antlitz gewichen, und er dachte gewiß nicht mehr an die gefährliche Dame mit dem Pierrotgesicht und dem rotgefärbten Haar. Übrigens konnte Beate auch der Baronin das Zugeständnis nicht versagen, daß sie sich tadellos benahm. Vor ein paar Tagen erst hatte es der Zufall gefügt, daß sie auf der Galerie der Badeanstalt neben Beate stand, gerade als Hugo und Fritz, um die Wette wie gewöhnlich, aus dem offenen See herangeschwommen kamen; zugleich erwischten sie die glitschige Stiege, jeder mit einem Arm sich festhaltend, spritzten einander Wasser ins Gesicht, lachten, ließen sich sinken und tauchten erst ganz weit draußen wieder in die Höhe. Fortunata, in ihren weißen Bademantel gehüllt, hatte flüchtig zugeschaut, mit abwesendem Lächeln, wie dem Spiel von Kindern, und dann wieder über den See hingeblickt, mit verlorenen traurigen Augen, so daß Beate mit leiser Unzufriedenheit, ja, fast schuldbewußt, sich jenes merkwürdigen und immerhin etwas verletzenden Gespräches in der weißbeflaggten Villa erinnern mußte, das die Baronin selbst offenbar schon vergessen und verziehen hatte. Einmal abends, auf einer Bank am Waldesrand, hatte Beate auch den Baron gesehen, der wohl nur auf ein paar Tage zu Besuch gekommen war. Er hatte hellblondes Haar, ein bartloses durchfurchtes und doch junges Gesicht mit stahlgrauen Augen, trug einen hellblauen Flanellanzug, rauchte eine kurze Pfeife, und neben ihm auf der Bank lag seine Marinekappe. Für Beate sah er aus wie ein Kapitän, der aus fernen Landen kam und gleich wieder auf See mußte. Fortunata saß neben ihm, klein, wohlerzogen, die rötliche Nase vorgestreckt, mit müden Armen: wie eine Puppe, die der ferne Kapitän ganz nach Belieben aus dem Schrank holen und wieder hineinhängen konnte.

Dies alles ging Beate durch den Kopf, während sie auf der Almwiese lag, der Wind durch ihre Haare strich und Grashalme ihren Nacken kitzelten. Ringsum war es jetzt ganz still, alle schienen zu schlafen; nur in einiger Entfernung pfiff jemand ganz leise. Unwillkürlich mit blinzelnden Augen suchte Beate wieder nach der eleganten kleinen Rauchwolke und entdeckte sie bald, wie sie silbergrau und dünn in die Höhe stieg. Beate hob ein klein wenig den Kopf, da gewahrte sie den Doktor Bertram, der das Haupt auf beide Arme gestützt und seinen Blick angelegentlich in Beatens Halsausschnitt versenkt hatte. Er sprach übrigens auch, und es war nicht unmöglich, daß er schon eine geraume Zeit gesprochen, ja sogar, daß sein Reden Beate erst aus dem Halbschlummer erweckt hatte. Eben fragte er sie, ob sie wohl Lust verspüre zu einer wirklichen Bergpartie, zu einer ordentlichen Felsenkletterei, oder ob sie den Schwindel fürchte; es müßte übrigens nicht durchaus ein Felsen sein, auch irgendein Plateau genüge ihm vollkommen; nur höher als das hier sollte es sein, viel höher, so daß die andern gar nicht mitkönnten. Mit ihr allein von einer Spitze ins Tal hinabzuschauen, das stellte er sich herrlich vor. Da er keine Antwort erhielt, fragte er: »Nun, Frau Beate?« – »Ich schlafe«, erwiderte Beate. – »So erlauben Sie mir, Ihr Traum zu sein, gnädige Frau«, begann er und sprach leise weiter: daß es keinen schönern Tod gäbe als durch Absturz in die Tiefe; das ganze Leben ziehe noch einmal vorbei in einer ungeheuern Klarheit, und das sei natürlich um so vergnüglicher, je mehr Schönes man vorher erlebt habe; auch fühle man nicht die geringste Angst, nur eine unerhörte Spannung, eine Art von ... ja, von metaphysischer Neugier. Und er grub das ausgeglühte Zigarettenstümpfchen mit hastigen Fingern ins Erdreich ein. Im übrigen, fuhr er fort, käme es ihm nicht gerade aufs Abstürzen an, im Gegenteil. Denn er, der in seinem Berufe so viel Dunkles und Grauenhaftes schauen müsse, wisse alles Lichte und Holde des Daseins um so mehr zu schätzen. Und ob sich Beate nicht einmal den Krankenhausgarten ansehen wolle? Über dem schwebe eine ganz seltsame Stimmung; besonders an Herbstabenden. Er wohne jetzt nämlich im Krankenhaus. Und wenn Beate bei dieser Gelegenheit etwa den Tee bei ihm nehmen wollte –

»Sie sind wohl verrückt geworden«, sagte Beate, richtete sich auf und sah mit klaren Augen in die blaugoldene Helle ringsum, die die matten Berglinien aufzuzehren schien. Sonnendurchtränkt, überwach, erhob sie sich, schüttelte ihr Kleid und merkte dabei, daß sie zu Doktor Bertram ganz gegen ihren Willen wie ermutigend niederschaute. Eilig blickte sie fort, zu Leonie hin, die in einiger Ferne ganz allein stand, bildhaft, einen wehenden Schleier um ihren Kopf geschlungen. Der Baumeister und die Buben, mit untergeschlagenen Beinen auf der Wiese sitzend, spielten Karten. »Sie werden dem Hugo bald kein Taschengeld zu geben brauchen, gnä' Frau«, rief der Baumeister, »der könnt' schon heut' vom Tarock sein bescheidenes Auskommen haben.« – »Da wär' es ja ratsam«, erwiderte Beate näherkommend, »wir machten uns auf den Heimweg, ehe Sie ganz ruiniert sind.« Fritz sah zu Beate auf mit glühenden Wangen, sie lächelte ihm entgegen. Bertram, sich erhebend, ließ einen Blick zum Himmel aufsteigen und dann in kleinen Fünkchen über sie niedergehen. Was habt ihr nur alle? dachte sie. Und was hab' ich? Denn plötzlich merkte sie, daß sie die Linien ihres Körpers wie lockend spielen ließ. Hilfesuchend heftete sie den Blick auf ihres Sohnes Stirn, der eben mit leuchtendem Kindergesicht und unsäglich zerrauft sein letztes Blatt ausspielte. Er gewann die Partie und nahm vom Baumeister stolz eine Krone und zwanzig Heller in Empfang. Man rüstete zum Abmarsch, nur Frau Arbesbacher schlummerte ruhig weiter. »Laß m'r's liegen«, scherzte der Baumeister. Aber in diesem Augenblick reckte sie sich auch schon, rieb sich die Augen und war schneller zum Abstieg fertig als die andern.

Zuerst ging es eine kurze Weile scharf bergab, dann beinahe eben zwischen Jungwald weiter, an der nächsten Biegung war der See zu erblicken und verbarg sich gleich wieder. Beate, die anfangs, in Hugo und Fritz eingehängt, mit ihnen vorausgelaufen war, blieb bald zurück; Leonie gesellte sich zu ihr und sprach von einer Segelregatta, die demnächst stattfinden sollte. Noch deutlich erinnerte sie sich der Wettfahrt vor sieben Jahren, bei der Ferdinand Heinold mit der ›Roxane‹ den zweiten Preis gewonnen hatte. Die ›Roxane‹! Wo war denn die eigentlich? Nach so vielen Triumphen führte sie ein recht einsames und träges Leben in der Schiffshütte unten. Der Baumeister stellte bei dieser Gelegenheit fest, daß das Schifferlfahren heuer gerade so lässig betrieben werde wie jeder andere Sport. Leonie sprach die Vermutung aus, daß vom Hause Welponer irgend etwas Lähmendes rätselhaft seinen Ausgang nehme, dessen Einfluß niemand sich entziehen könne. Auch der Baumeister fand, daß die Welponers keineswegs zu einem gemütlichen Verkehr geschaffen seien, und seine Frau war der Ansicht, daß daran vor allem der Hochmut der Frau Direktor schuld sei, die es übrigens aus allerlei Gründen wahrhaftig nicht nötig habe. Das Gespräch verstummte, als an einer Wegbiegung auf einer wurmstichigen, lehnenlosen Bank plötzlich der Herr Direktor sichtbar wurde. Er erhob sich, und über seiner Piquéweste am schmalen Seidenband pendelte das Monokel. Er sei so frei gewesen, sagte er, den Herrschaften entgegenzugehen, und gestatte sich im Namen seiner Gattin, die Einladung zu einer kleinen Jause zu überbringen, die der müden Wanderer auf der schattigen Terrasse harre. Zugleich ließ er seine trüben Blicke von einem zum andern gleiten,

Beate merkte, wie sie über Bertrams Antlitz sich auffallend verdunkelten, und sie wußte plötzlich, daß der Direktor auf den jungen Mann eifersüchtig war. Sie verbat sich das innerlich, als Anmaßung und Torheit zugleich. Ruhig, ohne Anfechtung wandelte sie durchs Dasein, in unbeirrter Treue jenes Einzigen denkend, dessen Stimme ihr heute noch, in der Erinnerung, hallender über die Höhe klang, als alle Stimmen Lebendiger zu klingen, dessen Blick ihr heute noch heller leuchtete, als alle Augen Lebendiger zu leuchten vermochten.

Der Direktor blieb mit Beate zurück. Er redete zuerst von den kleinen Angelegenheiten des Tages: von neu angekommenen flüchtigen Bekannten, vom Tode des Mühlbauern, der fünfundneunzig Jahre alt geworden war, von dem häßlichen Landhaus, das sich ein Salzburger Architekt drüben im Auwinkel baute, und kam wie zufällig auf jene Zeit zu sprechen, da weder seine eigne noch die Heinoldsche Villa existiert und die beiden Familien sommerlang unten im Seehotel gewohnt hatten. Er gedachte gemeinsamer Ausflüge auf damals noch wenig begangenen Wegen, einer Segelpartie mit der ›Roxane‹, die gar gefährlich in Sturm und Wetter geendet, sprach von dem Einweihungsfest der

Heinoldschen Villa, bei dem Ferdinand zwei seiner Kollegen unter den Tisch getrunken hatte, und endlich von der letzten Rolle Ferdinands in einem modernen, im ganzen ziemlich peinlichen Stück, worin dieser einen Zwanzigjährigen so vollendet dargestellt hatte. Was für ein unvergleichlicher Künstler war er doch gewesen, was für ein herrliches Menschenexemplar! Ein Jugendmensch durfte man wohl sagen. Ein wundervoller Gegensatz zu jener Art von Leuten, unter die er selbst sich leider rechnen müßte und die nicht geschaffen waren, sich oder andern Glück zu bringen. Und als Beate ihn fragend von der Seite ansah: »Ich, liebe Frau Beate, ich bin nämlich ein Altgeborener. Sie wissen nicht, was das heißt? Ich will versuchen, es Ihnen zu erklären. Sehen Sie, wir Altgeborenen, wir lassen im Laufe unseres Daseins gleichsam eine Maske nach der andern fallen, bis wir, als Achtzigjährige etwa, manche wohl etwas früher, der Mitwelt unser wahres Gesicht zeigen. Die andern, die Jugendmenschen, und so einer war Ferdinand«, ganz gegen seine Gewohnheit nannte er ihn beim Vornamen, »bleiben immer jung, ja Kinder, und sind daher genötigt, eine Maske nach der andern vors Gesicht zu nehmen, wenn sie unter den andern Menschen nicht allzusehr auffallen wollen. Oder sie gleitet von irgendwoher über ihre Züge und sie wissen selber gar nicht, daß sie Masken tragen, und haben nur ein wunderliches dunkles Gefühl, daß irgend etwas in der Rechnung ihres Lebens nicht stimmen kann ... weil sie sich immer jung fühlen. So einer war Ferdinand.« Beate hörte dem Direktor gespannt, aber mit innerem Widerstand zu. Es drängte sich ihr auf, daß er Ferdinands Schatten mit Absicht heraufbeschwor, als wäre er bestellt, über ihre Treue zu wachen und sie vor einer nahenden Gefahr zu warnen und zu behüten. Wahrhaftig, die Mühe konnte er sich sparen. Was gab ihm das Recht, was den Anlaß, sich in solcher Weise zum Anwalt und Schützer von Ferdinands Andenken aufzuwerfen? Was in ihrem Wesen forderte zu so verletzender Mißdeutung heraus? Wenn sie heute mit den Heitern mitzuscherzen und mitzulachen vermochte und lichte Farben trug wie früher einmal, so konnte doch darin kein Unbefangener anderes erblicken, als den bescheidenen Zoll, den sie dem allgemeinen Gesetz des Weiter- und Mitlebens darzubringen schuldig war. Aber jemals Glück oder Lust zu empfinden, jemals wieder einem Manne anzugehören, an eine solche Möglichkeit konnte sie auch heute nicht ohne Widerwillen, ja ohne Grauen denken; und dieses Grauen, sie wußte es von mancher schlaflos einsamen Nacht her, durchwühlte sie nur tiefer, wenn unbestimmte Regungen der Sehnsucht durch ihr Blut rauschten und ziellos vergingen. Und wieder sah sie den Direktor, der nun schweigend an ihrer Seite einherging, flüchtig an, aber erschreckt beinahe spürte sie um ihre Lippen ein Lächeln, das aus dem Grunde ihrer Seele gekommen war, ohne daß sie es gerufen, und das untrüglich, beinahe schamlos, deutlicher als alle Worte, sprach: Ich weiß, daß du mich begehrst, und ich freue mich daran. Sie sah in seinen Augen ein Aufblitzen, wie eine heiße Frage, gleich darauf aber ein Sichbescheiden und Trübewerden. Und er richtete ein gleichgültig höfliches Wort an Frau Arbesbacher, die nur zwei Schritte vor ihnen ging, da die kleine Wandergruppe nun, da man dem Ziele sich näherte, allmählich wieder ineinandergeflossen war. Plötzlich war der junge Doktor Bertram an Beatens Seite und legte etwas in Haltung, Blick und Rede, als hätten sich auf diesem Ausflug die Beziehungen zwischen ihm und Beate enger geknüpft, und dies Ergebnis zu seinen Gunsten müßte auch von ihr empfunden und festgestellt werden. Sie aber blieb kühl und fremd, wurde fremder von Schritt zu Schritt. Und als man vor dem Gartentor der Welponerschen Villa angelangt war, erklärte sie zum allgemeinen und ein wenig auch zu ihrer eigenen Überraschung, daß sie müde sei und es vorziehe, sich nach Hause zu begeben. Man versuchte sie umzustimmen. Da aber der Direktor selbst nur ein trockenes Bedauern äußerte, drang man in sie nicht weiter. Sie ließ es dahingestellt, ob sie sich zu dem gemeinsamen Abendessen im Seehotel einfinden werde, das auf dem Wege verabredet worden war, hatte aber nichts dagegen, daß Hugo in jedem Falle daran teilnehme. »Ich werd' schon Obacht geben«, sagte der Baumeister, »daß er sich keinen Rausch antrinkt.« Beate empfahl sich. Ein Gefühl großer Erleichterung kam über sie, als sie nun den Weg nach Hause einschlug und sie freute sich auf die paar ungestörten Stunden, die ihr gewiß waren.

Daheim fand sie einen Brief von Doktor Teichmann und verspürte ein leichtes Staunen, weniger darüber, daß der wieder ein Lebenszeichen von sich gab, als vielmehr, daß sie ihn im Laufe der letzten Zeit fast bis auf die Tatsache seiner Existenz vergessen hatte. Erst nachdem sie sich vom Staub des Tages befreit und im bequemen Hauskleid vor dem Toilettetischchen in ihrem

Schlafzimmer saß, öffnete sie den Brief, auf dessen Inhalt sie durchaus nicht neugierig war. Am Beginn standen wie meistens Mitteilungen geschäftlicher Natur, denn Teichmann legte Beate gegenüber Wert darauf, vor allem als ihr Rechtsanwalt zu gelten, und mit etwas gewundenem Humor erstattete er Bericht über den Verlauf eines kleinen Prozesses, in dem es ihm gelungen war, für Beate eine unbedeutende Geldsumme zu retten. Am Schluß erwähnte er in absichtlich beiläufigem Tone, daß ihn seine Ferienwanderung auch an der Villa am Eichwiesenweg vorbeiführen werde, und wollte der Hoffnung sich nicht gänzlich verschließen, wie er schrieb, daß ihm durchs Gesträuch ein helles Kleid oder gar ein freundliches Auge entgegenleuchten und ihn zum Verweilen einladen könnte, wäre es auch nur zu einer Plauderstunde zwischen Tür und Angel. Er vergaß auch nicht Grüße beizufügen »an den biedern Baumeister und den gebieterischen Schloßherrn samt wertem Anhang«, wie er sich ausdrückte, und an die übrigen Bekannten, denen er anläßlich seines vorjährigen dreitägigen Aufenthaltes im Seehotel vorgestellt worden war. Beate empfand es als seltsam, daß ihr jenes vorige Jahr fern und wie unter einem andern Himmelsstrich ihres Lebens gelegen erschien, trotzdem sich ihr Dasein äußerlich kaum anders abgespielt hatte als in diesem Sommer. Auch an Galanterien von seiten des Direktors und des jungen Doktor Bertram hatte es nicht gefehlt. Nur daß sie selbst zwischen all den Blicken und Worten wie unberührt dahingewandelt war, ja, daß sie sie damals kaum bemerkt hatte und nun erst in der Erinnerung ihrer bewußt wurde. Dies mochte freilich auch darin seinen Grund haben, daß sie in der Stadt mit all diesen Sommerbekannten kaum einen wirklichen Verkehr pflegte; dort führte sie seit dem Tode ihres Gatten, nachdem sich der frühere Kreis der Künstler und Theaterfreunde allmählich aufgelöst hatte, ein zurückgezogenes und einförmiges Leben. Nur ihre Mutter, die in einem Vorort das alte Stammhaus nahe der einst vom Vater geleiteten Fabrik bewohnte, und einige entferntere Verwandte fanden den Weg zu ihrem stillen und wieder sehr bürgerlich gewordenen Heim; und wenn Doktor Teichmann einmal zu einer Tee- und Plauderstunde erschien, so bedeutete das für sie schon eine Zerstreuung, der sie sich, wie sie jetzt mit einiger Verwunderung inne ward, geradezu entgegenfreute.

Kopfschüttelnd legte sie den Brief hin und

blickte in den Garten, über den die frühe Dämmerung des Augustabends sich breitete. Das Wohlgefühl des Alleingebliebenseins war allmählich in ihr abgeflaut; und sie überlegte, ob es nicht das klügste wäre, zu Welponers oder doch später ins Seehotel zu gehen. Aber gleich drängte sie diese Regung wieder zurück, etwas beschämt, daß sie den Reizen der Geselligkeit schon so völlig verfallen und der wehmutsvolle Zauber für immer verflogen sein sollte, der sie in vergangenen Sommern zu solchen einsamen Abendstunden oft umfangen hatte. Sie nahm ein dünnes Tuch um die Schultern und begab sich in den Garten. Hier kam allmählich die ersehnte linde Trauer über sie und sie wußte im tiefsten ihrer Seele, daß sie auf diesen Wegen, wo sie so oft mit Ferdinand auf und ab spaziert war, niemals am Arme eines andern Mannes wandeln könnte. Eines aber war ihr in diesem Augenblick über alle Zweifel klar: wenn Ferdinand sie in jenen fernen Tagen beschworen hatte, ein neues Glück nicht zu verschmähen, so hatte ihm gewiß keine eheliche Verbindung mit einem Menschen von der Art des Doktor Teichmann vorgeschwebt; irgendein leidenschaftliches, wenn auch flüchtiges Liebesabenteuer hätte von jenen seligen Gefilden aus viel eher seine Zustimmung gefunden. Und mit leisem Schreck merkte sie, daß es aus ihrer Seele mit einemmal emporstieg wie ein Bild: sie sah sich selbst oben auf der Almwiese im Dämmerschein des Abends in den Armen des Doktor Bertram. Aber sie sah es nur, kein Wunsch gesellte sich bei; kühl und fern, gleich einer Gespenstererscheinung hing es in den Lüften und verging.

Sie stand am untern Ende des Gartens, die Arme über den Zaunstäben verschränkt, und blickte nach abwärts, wo die Lichter der Ortschaft blinkten. Vom See her tönte der Gesang abendlicher Kahnfahrer mit wundersamer Deutlichkeit durch die stille Luft zu ihr herauf. Neun Schläge kamen vom Kirchturm. Beate seufzte leicht, dann wandte sie sich und ging langsam quer durch die Wiese dem Hause zu. Auf der Veranda fand sie die üblichen drei Gedecke vorbereitet. Sie ließ sich vom Mädchen ihr Abendessen bringen und nahm es ohne rechte Lust zu sich im Gefühl einer nutzlos zerronnenen Traurigkeit. Noch während des Essens griff sie nach einem Buch; es waren die Denkwürdigkeiten des französischen Generals, von denen sie sich heute noch weniger gefesselt fühlte als sonst. Es schlug halb zehn; und da die

Langeweile ihr immer quälender ans Herz schlich, entschloß sie sich doch noch, das Haus zu verlassen und die Gesellschaft im Seehotel aufzusuchen. Sie erhob sich, nahm über ihr Hauskleid den langen Rohseidenmantel und machte sich auf den Weg. Als sie unten am See an dem Hause der Baronin vorbeiging, fiel ihr auf, daß es völlig im Dunkel lag; und es kam ihr in den Sinn, daß sie Fortunata schon einige Tage lang nicht gesehen hatte. Ob sie mit dem fernen Kapitän abgereist war? Doch als Beate sich nachher nochmals umwandte, glaubte sie hinter den verschlossenen Läden einen Lichtschimmer zu bemerken. Was kümmerte sie das weiter? Sie achtete nicht darauf.

Auf der erhöhten Terrasse des Seehotels, dessen elektrische Bogenlampen schon verlöscht waren, im matten Schein von zwei Wandlichtern um einen Tisch gereiht, erblickte Beate die von ihr gesuchte Gesellschaft. Aber ehe sie an den Tisch herankam, in der plötzlichen Empfindung, daß ihr Antlitz in allzu ernsten Falten lag, ordnete sie es zu einem leeren Lächeln. Sie wurde herzlich begrüßt, reichte allen der Reihe nach die Hand, dem Direktor, dem Baumeister, den beiden Frauen und dem jungen Herrn Fritz Weber. Sonst war, wie sie jetzt erst merkte, niemand anwesend.»Wo ist denn der Hugo?« fragte sie etwas beunruhigt.»Aber in dem Augenblick ist er weggegangen«, erwiderte der Baumeister.»Daß Sie ihm nicht begegnet sind«, fügte seine Frau hinzu. Unwillkürlich warf Beate einen Blick auf Fritz, der mit einem verzerrten Dummen-Jungen-Lächeln sein Bierglas hin und her drehte und offenbar absichtlich an ihr vorbeisah. Dann nahm sie Platz zwischen ihm und der Frau Direktor und, um die drohend in ihr aufsteigenden Gedanken zu übertäuben, begann sie mit übertriebener Lebhaftigkeit zu reden. Sie bedauerte sehr, daß die Frau Direktor den schönen Ausflug nicht mitgemacht hatte, fragte nach dem Geschwisterpaar Bertram und Leonie und erzählte endlich, daß sie daheim während des Abendessens in einem französischen Memoirenwerk gelesen habe, das sie fabelhaft interessiere. Sie lese überhaupt nur mehr Lebenserinnerungen und Briefe großer Männer; an Romanen und dergleichen fände sie keinen Gefallen mehr. Es stellte sich heraus, daß es den übrigen Anwesenden nicht anders erginge.»Liebesg'schichten, das ist für junge Leut'«, sagte der Baumeister,»ich mein' für Kinder, denn junge Leut' sind wir ja gewissermaßen noch alle.« Aber auch Fritz erklärte, daß er nur mehr wissenschaftliche Werke, am liebsten Reisebeschreibungen lese. Während er sprach, rückte er ganz nahe an Beate, drängte wie zufällig sein Knie an das ihre, seine Serviette fiel herab, er bückte sich, sie aufzuheben und streifte dabei zitternd Beatens Knöchel. Ja, war er denn toll, der Bub? Und er sprach weiter, erhitzt, mit glänzenden Augen: Wenn er erst Doktor sei, werde er sich bestimmt irgendeiner großen Expedition anschließen, nach Tibet vielleicht oder ins innere Afrika. Das nachsichtige Lächeln der übrigen begleitete seine Worte; nur der Direktor, Beate merkte es wohl, betrachtete ihn mit düsterm Neid. Als die Gesellschaft sich zum Heimgehen erhob, erklärte Fritz, er für seinen Teil werde noch einen einsamen Spaziergang am See unternehmen. »Einsam?« sagte der Baumeister. »Das kann man glauben oder auch nicht.« Fritz aber erwiderte, solche nächtlichen Sommerspaziergänge seien seine besondere Passion; erst neulich einmal sei er gegen ein Uhr morgens nach Hause gekommen, und zwar mit Hugo, der gleichfalls ein Freund von solchen Nachtpartien sei. Und als er einen unruhig fragenden Blick Beatens auf sich gerichtet sah, fügte er hinzu: »Es ist ganz gut möglich, daß ich dem Hugo irgendwo am Ufer begegne, wenn er nicht gar auf den See hinausgerudert ist, was auch vorzukommen pflegt.« »Das sind ja lauter Neuigkeiten«, sagte Beate mit mattem Kopfschütteln. »Ja, diese Sommernächte«, seufzte der Baumeister. »Du hast was zu reden«, bemerkte seine Gattin rätselhaft. Frau Direktor Welponer, die den andern voraus über die Stufen der Terrasse hinabging, blieb einen Augenblick stehen, blickte wie suchend zum Himmel auf und senkte dann wieder in einer seltsam hoffnungslosen Weise den Kopf. Der Direktor schwieg. Doch in seinem Schweigen bebte Haß gegen Sommernächte, Jugend und Glück.

Kaum daß sie alle unten am Ufer angelangt waren, huschte Fritz davon wie zum Spaß und verschwand im Dunkel. Beate wurde von den beiden Ehepaaren heimbegleitet. Langsam und mühselig gingen sie alle den steilen Weg bergauf. Warum ist Fritz so plötzlich davongelaufen? dachte Beate. Wird er Hugo am Ufer finden? Ist er jemals mit ihm nachts auf den See hinausgerudert? Sind sie im Einverständnis? Weiß Fritz, wo Hugo sich in diesem Augenblick befindet? Weiß er? Und sie mußte stehenbleiben, denn es war ihr, als hörte ihr Herz plötzlich zu schlagen auf. Als wüßte ich nicht selber, wo

Hugo ist. Als wenn ich es nicht schon seit Tagen wüßte! »Wär' halt gut«, sagte der Baumeister, »wenn s' da herauf eine Drahtseilbahn anlegen möchten.« Er hatte seiner Frau den Arm gereicht, was er, soweit sich Beate erinnerte, sonst nie zu tun pflegte. Der Direktor und seine Gattin gingen nebeneinander, in gleichem Schritt, gebeugt und stumm. Als Beate vor ihrer Türe stand, wußte sie mit einemmal den Grund, warum Fritz sich unten davongestohlen. Er hatte es vermeiden wollen, zur Nachtzeit im Angesicht all der andern mit ihr allein in der Villa zu verschwinden. Und sie empfand Dankbarkeit gegenüber der ritterlichen Klugheit des jungen Mannes. Der Direktor küßte Beate die Hand. Was immer dir begegnen mag, so zitterte es jetzt in seinem Schweigen, ich werde es verstehen und du wirst einen Freund an mir haben. – Laß mich in Frieden, erwiderte Beate wortlos wie er. Die beiden Ehepaare trennten sich voneinander. Der Direktor und seine Frau verloren sich mit sonderbarer Hast in das Dunkel, darin Wald, Berg und Himmel verrannen. Arbesbachers nahmen den Weg nach der andern Seite, wo die Gegend freier lag und über gelinden Höhen die sternblaue Nacht sich spannte.
Als die Türe sich hinter ihr geschlossen hatte,

dachte Beate: Soll ich in Hugos Zimmer nachsehen? Wozu? Ich weiß ja doch, daß er nicht zu Hause ist. Ich weiß, er ist dort, wo früher das Licht hinter den geschlossenen Läden hervorschimmerte. Und es fiel ihr ein, daß sie jetzt eben im Heimgehen wieder an jenem Hause vorbeigekommen und daß es ihr ein Haus im Dunkel gewesen war, wie andere auch. Aber sie zweifelte nicht mehr, daß ihr Sohn zu dieser Stunde in der Villa weilte, an der sie gedankenlos und doch ahnungsvoll vorbeigegangen war. Und sie wußte auch, daß sie selbst daran die Schuld trug. Sie, ja sie allein: denn sie hatte es geschehen lassen. Mit jenem Besuch bei Fortunata hatte sie sich eingebildet, aller mütterlichen Pflichten auf einmal ledig zu werden, von da an hatte sie's gehen lassen, wie es ging; – aus Bequemlichkeit, aus Müdigkeit, aus Feigheit nichts sehen, nichts wissen, nichts denken wollen. Hugo war bei Fortunata in dieser Stunde und nicht zum erstenmal. Ein Bild erstand in ihr, das sie erschauern machte, und sie verbarg ihr Gesicht in den Händen, als könnte sie's auf diese Weise verscheuchen. Langsam öffnete sie die Tür zu ihrem Schlafzimmer. Eine Trauer umfing sie, als hätte sie eben von etwas Abschied genommen, das niemals wiederkommen konnte. Vorbei war die Zeit, da ihr Hugo ein Kind, ihr Kind gewesen war. Nun war er ein junger Mann, einer, der sein eigenes Leben lebte, von dem er der Mutter nichts mehr erzählen durfte. Nie mehr wird sie ihm die Wangen, die Haare streicheln, nie mehr die süßen Kinderlippen küssen können wie einst. Nun erst, da sie auch ihn verloren hatte, war sie allein.

Sie saß auf dem Bett und begann langsam sich zu entkleiden. Wie lange wird er ausbleiben? Wohl die ganze Nacht. Und im Morgengrauen, sehr leise, um die Mutter nicht aufzuwecken, wird er sich durch den Gang in sein Zimmer schleichen. Wie oft schon mag es geschehen sein? Wie viele Nächte ist er schon bei ihr gewesen? Viele schon? Nein – viele nicht. Ein paar Tage ist er doch sogar über Land gewandert. Ja, wenn er die Wahrheit gesprochen hat! Aber er spricht ja die Wahrheit nicht mehr. Schon lange nicht. Im Winter spielt er Billard in Vorstadtkaffeehäusern, und wo er sich sonst noch herumtreiben mag, wer kann das wissen? Und mit einemmal trieb ein Gedanke ihr das Blut rascher in die Adern: Ist er am Ende schon damals Fortunatens Geliebter gewesen? An dem Tag, da sie unten in der Villa am See ihren lächerlichen Besuch gemacht hat? Und die Ba-

ronin hat ihr nur eine erbärmliche Komödie vorgespielt und hat dann mit Hugo, Herz an Herzen mit ihm, über sie gespottet und gelacht? Ja... auch das war möglich. Denn was wußte sie heute noch von ihrem Buben, der in den Armen einer Dirne zum Mann geworden war. Nichts... nichts.
Sie lehnte sich an die Brüstung des offenen Fensters, blickte in den Garten und über ihn weg zu den finstern Berggipfeln am jenseitigen Ufer. Scharf umrissen ragte der eine dort, den nicht einmal der Doktor Bertram sich zu ersteigen traute. Wie kam es nur, daß der nicht unten im Seehotel gewesen war? Hätte er geahnt, daß sie doch noch hinkommen würde, so hätte er gewiß nicht gefehlt. War es nicht seltsam, daß man sie noch begehrte, sie, die schon die Mutter eines Sohnes war, der seine Nächte bei einer Geliebten verbrachte? Warum seltsam? Sie war so jung, jünger vielleicht als jene Fortunata war. Und mit einem Male, quälend deutlich und doch mit einer schmerzlichen Lust, vermochte sie unter ihrer leichten Hülle die Umrisse ihres Körpers zu fühlen. Ein Geräusch draußen auf dem Gang machte sie zusammenfahren. Sie wußte, das war Fritz, der jetzt nach Hause kam. Wo mochte der bis jetzt herumgelaufen sein?

Hatte der am Ende auch sein kleines Abenteuer hier am Ort? Sie lächelte trüb. Der wohl nicht. Er war ja sogar ein bißchen verliebt in sie. Kein Wunder am Ende. Sie war ja gerade in den Jahren, um so einem grünen Jungen zu gefallen. Er hatte wohl seine Sehnsucht draußen in der Nachtluft kühlen wollen; und es tat ihr ein wenig leid für ihn, daß der Himmel heute gar so schwer und dunstend über dem See hing. Und plötzlich erinnerte sie sich einer solchen dumpfen Sommernacht aus längst vergangener Zeit, einer, in der ihr Gatte sie, die Widerstrebende, aus dem sanften Geheimnis des Ehegemachs mit in den Garten gezogen hatte, um dort im nachtschwarzen Schatten der Bäume Brust an Brust gedrängt wilde Zärtlichkeiten mit ihr zu tauschen. Sie dachte auch des kühlen Morgens wieder, da tausend Vogelstimmen sie zu einer süßen schweren Traurigkeit erweckt hatten, und sie erschauerte. Wo war dies alles hin? War es nicht, als hätte der Garten, in den sie da hinausblickte, die Erinnerung jener Nächte besser bewahrt als sie selbst und vermöchte in irgendeiner wundersamen Art sie an Menschen zu verraten, die ins Stumme hineinzulauschen verstanden? Und ihr war, als stünde die Nacht selbst draußen im Garten, gespenstisch und rätselvoll, ja als hätte jedes Haus, jeder Garten seine eigene Nacht, die eine ganz andere, tiefere und vertrautere war als das besinnungslose blaue Dunkel, das sich im Unfaßbaren weit oben über die schlafende Welt spannte. Und die Nacht, die ihr gehörte, die stand heute voll von Geheimnissen und Träumen da draußen vor dem Fenster und starrte ihr mit blinden Augen ins Gesicht. Unwillkürlich, die Hände wie abwehrend vorgestreckt, trat sie ins Zimmer zurück, dann wandte sie sich ab, ließ die Schultern sinken, trat vor den Spiegel und begann ihre Haare zu lösen. Mitternacht mußte vorüber sein. Sie war müde und überwach zugleich. Was half alles Überlegen, alles Erinnern, alles Träumen, was alles Fürchten und Hoffen? Hoffen? Wo gab es noch eine Hoffnung für sie? Wieder trat sie zum Fenster hin und verschloß sorgfältig die Läden. Auch von hier aus schimmert's in die Nacht hinaus, in meine Nacht, dachte sie flüchtig. Sie versperrte die Türe, die auf den Gang führte, dann nach alter vorsichtiger Gewohnheit öffnete sie die Türe zu dem kleinen Salon, um einen Blick hineinzuwerfen. Erschrocken fuhr sie zurück. Im Halbdunkel, aufrecht in der Mitte des Zimmers stehend, gewahrte sie eine männliche Gestalt. »Wer ist da?« rief sie. Die Gestalt bewegte sich heran, Beate erkannte Fritz. »Was fällt Ihnen ein?« sagte sie. Er aber stürzte auf sie zu und ergriff ihre beiden Hände. Beate entzog sie ihm: »Sie sind ja nicht bei sich.« »Verzeihen Sie, gnädige Frau«, flüsterte er, »aber ich... ich weiß nicht mehr, was ich tun soll.« »Das ist sehr einfach«, erwiderte Beate, »schlafen gehen.« Er schüttelte den Kopf. »Gehen Sie, gehen Sie doch«, sagte sie, ging in ihr Zimmer zurück und wollte die Tür hinter sich schließen. Da fühlte sie sich leise und etwas ungeschickt am Halse berührt. Sie zuckte zusammen, wandte sich unwillkürlich wieder um, streckte den Arm aus, wie um Fritz zurückzustoßen, er aber faßte ihre Hand und drückte sie an die Lippen. »Aber Fritz«, sagte sie milder, als es ihre Absicht gewesen war. – »Ich werde ja verrückt«, flüsterte er. Sie lächelte. »Ich glaube, Sie sind es schon.« – »Ich hätte hier die ganze Nacht gewacht«, flüsterte er weiter, »ich habe ja nicht geahnt, daß Sie diese Tür noch öffnen werden. Ich wollte nur hier sein, gnädige Frau, hier in Ihrer Nähe.« – »Jetzt gehen Sie aber sofort in Ihr Zimmer. Ja, wollen Sie? Oder Sie machen mich wirklich böse.« – Er hatte ihre beiden Hände an seine Lippen geführt. »Ich bitte Sie, gnädige Frau.« – »Machen

Sie keine Dummheiten, Fritz! Es ist genug! Lassen Sie meine Hände los. So. Und nun gehen Sie.« Er hatte ihre Hände sinken lassen und sie fühlte den warmen Hauch seines Mundes um ihre Wangen. »Ich werde verrückt. Ich bin ja schon neulich in dem Zimmer hier gewesen.« – »Wie?« – »Ja, die halbe Nacht, bis es beinahe licht geworden ist. Ich kann nichts dafür. Ich möchte immer in Ihrer Nähe sein.« – »Reden Sie nicht so dummes Zeug.« Er stammelte wieder: »Ich bitte Sie, gnädige Frau Beate – Beate – Beate.« – »Nun ist's aber genug. Sie sind ja wirklich – was fällt Ihnen denn ein? Soll ich rufen? Aber um Gottes willen! Denken Sie doch – Hugo!« »Hugo ist nicht zu Haus. Es hört uns niemand.« Ganz flüchtig zuckte wieder ein brennender Schmerz in ihr auf. Dann ward sie plötzlich mit Beschämung und Schreck inne, daß sie über Hugos Fernsein froh war. Sie fühlte Fritzens warme Lippen an den ihren, und eine Sehnsucht stieg in ihr auf, wie sie sie noch niemals, auch in längst vergangenen Zeiten nicht, empfunden zu haben glaubte. Wer kann es mir übelnehmen? dachte sie. Wem bin ich Rechenschaft schuldig? Und mit verlangenden Armen zog sie den glühenden Buben an sich.

DRITTES KAPITEL

Als Beate aus dem Dunkel des Waldesschattens unter den freien Himmel trat, dehnte sich der Kiesweg sonnenweiß und brennend vor ihr hin, und fast bedauerte sie, daß sie die Villa Welponer so früh am Nachmittag verlassen hatte. Aber da die Hausfrau gleich nach aufgehobener Tafel zum gewohnten Schlummer, und Sohn und Tochter ohne weitere Erklärung verschwunden waren, hätte Beate mit dem Direktor allein zurückbleiben müssen, was sie nach den Erfahrungen der letzten Tage auf alle Fälle vermeiden wollte. Seine Bemühungen um ihre Gunst waren allzu offenbar geworden, ja, gewisse Andeutungen von seiner Seite ließen Beate vermuten, daß er bereit wäre, sich ihr zuliebe von Frau und Kindern zu trennen; – wenn nicht gar eine Verbindung mit Beaten ihm vor allem andern die ersehnte Flucht aus unleidlich gewordenen häuslichen Verhältnissen bedeuten sollte. Denn mit ihrem in der letzten Zeit fast schmerzlich geschärften Blick für menschliche Beziehungen hatte Beate wohl erkannt, daß jene Ehe im tiefsten unterwühlt war und daß irgendeinmal unerwartet, ja ohne äußeren Anlaß, ein Zusammenbruch erfolgen könnte. Öfters schon war ihr die übergroße Vorsicht aufgefallen, mit der die Gatten das Wort aneinander zu richten pflegten, als könnte der bebende Groll, der um die harten Mundfalten der beiden alternden Menschen zu lauern schien, jeden Augenblick in bösen, nie wieder gut zu machenden Worten sich entladen; aber erst das Unglaubliche und noch immer nicht Geglaubte, das Fritz ihr in der verflossenen Nacht erzählt hatte, das Gerücht von einer Liebesbeziehung, die einst zwischen der Frau des Direktors und Beatens verstorbenem Gatten bestanden haben sollte, ließ sie den Ursachen einer so schweren Zerrüttung mit wirklicher Anteilnahme nachsinnen. Und war ihr auch jenes Gerücht noch heute während des Mittagmahls, da gleichgültigharmlose Gespräche über den Tisch hin und her gingen, völlig unsinnig erschienen, so begannen jetzt, da sie allein auf dem Wiesenweg heimwärts schritt, durch die flimmernde Sommerluft, aus deren Gluthauch sich alles Lebendige in den Schatten verschlossener Stuben geflüchtet zu haben schien, Fritzens unzarte Andeutungen lebhaft und peinigend in ihr nachzuwirken. Warum, fragte sie sich, hat er davon gesprochen, und warum erst in dieser Nacht? War es Rache gewesen, weil sie ihn, da er am Morgen zu seinen Eltern nach Ischl fahren sollte, halb scherzhaft gebeten hatte, lieber gleich dort zu bleiben, als heute abend, wie seine Absicht war, wieder zurückzukehren? War die eifersüchtige Ahnung in ihm erwacht, daß er bei all seinem Jugendreiz nicht mehr für sie bedeutete als einen hübschen frischen Knaben, den man ohne weiteres nach Hause schicken konnte, wenn das Spiel zu Ende war? Oder hatte er nur seiner Neigung zu indiskretem Geschwätz nachgegeben, die sie ihm manchmal schon verweisen mußte, so neulich erst, als er Lust zeigte, von Hugos Stelldichein mit Fortunaten des näheren zu berichten? Oder war das Gespräch zwischen Fritzens Eltern, das er kürzlich erlauscht haben wollte, gar nur eine Erfindung seines phantasievollen Kopfes, wie sich ja auch sein Besuch im Seziersaal, den er am Tage seiner Ankunft geschildert, neuerdings als eitel Prahlerei herausgestellt hatte? Aber, selbst angenommen, er hätte von dem Gespräch seiner Eltern im guten Glauben erzählt, konnte er es nicht falsch gehört oder falsch gedeutet haben? Diese letzte Vermutung hatte um so größere Wahrscheinlichkeit für sich, als zu Beaten bisher von jenem

Gerücht auch nicht der leiseste Hauch gedrungen war.

In solchen Gedanken war Beate vor ihrer Villa angelangt. Da Hugo angeblich einen Ausflug unternommen und das Mädchen ihren freien Sonntag hatte, fand sich Beate allein zu Hause. In ihrem Schlafzimmer entkleidete sie sich, und einer dumpfen Müdigkeit nachgebend, die nun in diesen Nachmittagsstunden oft über sie kam, streckte sie sich auf ihr Bett hin. Des Alleinseins, der Stille, des sehr gedämpften Lichts mit Bewußtsein genießend, lag sie eine Zeitlang mit offenen Augen da. In dem schiefgestellten Ankleidespiegel ihr gegenüber, in verschwommenen Umrissen, erschien das lebensgroße Brustbild ihres verstorbenen Gatten, so wie es über ihrem Lager hing. Doch deutlich sah sie nur einen mattroten Fleck hervortreten, von dem sie wußte, daß er die Nelke im Knopfloch vorstellte. In der ersten Zeit nach Ferdinands Tod hatte dieses Bild für Beate ein seltsam eigenes Leben weitergeführt. Sie hatte es lächeln oder trübe blicken, heiter oder schwermütig gesehen; ja manchmal war ihr gewesen, als spräche aus den gemalten Zügen in geheimnisvoller Weise Gleichgültigkeit oder Verzweiflung über den eigenen Tod. Im Lauf der Jahre war es freilich stumm und verschlossen worden; blieb eine gemalte Leinwand und nicht mehr. Heute aber, in dieser Stunde, schien es wieder leben zu wollen. Und ohne daß es Beate im Spiegel scharf zu sehen vermochte, war ihr doch, als sendete es einen spöttischen Blick über sie hin, und Erinnerungen wachten in ihr auf, die, harmlos oder gar heiter bisher, sich mit neuen, höhnischen Gebärden vor ihre Seele drängten. Und statt der Einen, auf die ihr Verdacht gelenkt worden war, zog eine ganze Reihe von Frauen an ihr vorüber, die, zum Teil bis auf die Gesichtszüge vergessen, vielleicht alle, wie sie mit einem Male denken mußte, Ferdinands Geliebte gewesen waren, — Verehrerinnen, die sich Autogramme und Photographien geholt, junge Künstlerinnen, die Unterricht bei ihm genommen, Damen der Gesellschaft, in deren Salon er und Beate verkehrt hatten, Kolleginnen, die auf der Bühne als Gattinnen, Bräute, Verführte ihm in die Arme gesunken waren. Und sie fragte sich, ob es nicht sein Schuldbewußtsein gewesen war, das, ohne ihn weiter sonderlich zu bedrücken, ihn doch mit so weise scheinender Milde gegen Treulosigkeiten Beatens erfüllte, die sie später etwa an seinem Andenken verüben mochte. Und mit einem Male, als hätte er die nutzlos unbequeme

Maske abgeworfen, die er als Lebendiger und Toter lange genug getragen, stand er mit seiner roten Knopflochnelke vor ihrer Seele als ein geckischer Komödiant, dem sie nichts gewesen war als die tüchtige Hausfrau, die Mutter seines Sohnes, und ein Weib, das man eben manchmal wieder umarmte, wenn es in lauer Sommernacht der matte Zauber des Nebeneinanderseins so fügen wollte. Und so wie sein Bild war ihr mit einem Male auch seine Stimme unbegreiflich verändert. Sie schwang nicht mehr in dem edeln Hall, der ihr noch in der Erinnerung herrlicher tönte als die Stimme aller Lebendigen; sie klang leer, affektiert und falsch. Doch plötzlich, erschreckt und aufatmend zugleich, ward ihr bewußt, daß es wirklich nicht seine Stimme war, die eben in ihrer Seele klang, sondern die eines andern, eines, der neulich sich unterfangen, hier in ihrem Hause sich unterfangen hatte, Organ, Tonfall und Gebärden ihres verstorbenen Gatten nachzuäffen.

Sie richtete sich im Bette auf, stützte den Arm auf die Polster und starrte entsetzt in das Dämmer des Gemachs. Jetzt erst in der völligen Ungestörtheit dieser Stunde trat ihr jenes Geschehnis in seiner ganzen Ungeheuerlichkeit vor die Seele. Vor acht Tagen war es gewesen, an einem

Sonntag wie heut, sie war im Garten gesessen in Gesellschaft ihres Sohnes und – mit verzerrten Lippen dachte sie das Wort – ihres Geliebten; da war mit einemmal ein junger Mensch erschienen, groß, brünett, mit blitzenden Augen, im Touristenanzug, mit grüngelbroter Krawatte, – den sie nicht erkannte, ehe die freudige Begrüßung durch die beiden anderen jungen Leute ihr zu Bewußtsein brachte, daß Rudi Beratoner vor ihr stand, derselbe, der im vergangenen Winter Hugo ein paarmal besucht hatte, um Bücher von ihm zu leihen, und von dem sie wußte, daß er einer von den zweien war, die nach Hugos Bericht eine Frühjahrsnacht im Prater mit leichtsinnigen Frauenzimmern durchschwärmt hatten. Er kam heute geradenwegs aus Ischl, wo er Fritz im Hause von dessen Eltern vergeblich gesucht hatte, und man behielt ihn natürlich zum Mittagessen da. Er gab sich lustig, überlaut, zeigte sich besonders unermüdlich im Erzählen von Jagdgeschichten und Anekdoten aller Art, und die beiden jüngeren Kameraden, die seiner Frühreife gegenüber einen fast knabenhaften Eindruck machten, sahen in Bewunderung zu ihm auf. Auch zeigte er eine Trinkfestigkeit, die über seine Jahre ging. Da die Freunde ihm nicht nachstehen wollten, und sogar Beate sich verlocken ließ, mehr zu trinken als gewöhnlich, wurde die Stimmung bald ungezwungener, als sonst in diesem Hause üblich war. Beaten, die sich durch das bei aller Lustigkeit ihr gegenüber durchaus respektvolle Benehmen des Gastes angenehm berührt, ja dafür dankbar fühlte, erging es übrigens, wie manchmal in diesen Tagen, daß alles, was in der letzten Zeit geschehen war und an dessen Wirklichkeit sie nicht zweifeln konnte, ihr irgendwie als Traum oder doch als etwas wieder Gutzumachendes erschien. Es kam ein Augenblick, da sie, wie oft in früherer Zeit, den Arm um Hugos Schultern geschlungen hielt und mit den Fingern in seinen Haaren spielte, zu gleicher Zeit aber Fritz zärtlich lockend in die Augen sah und dabei über sich und die Welt sonderbar gerührt war. Später merkte sie, daß Fritz mit Rudi Beratoner angelegentlich flüsterte und ihm zu irgend etwas dringend zuzureden schien. Sie fragte wie scherzend, was denn die jungen Herren miteinander für gefährliches Zeug zu tuscheln hätten; Beratoner wollte mit der Sprache nicht heraus, Fritz aber erklärte, es sei nicht einzusehen, warum man nicht davon reden sollte; die Tatsache sei ja allgemein bekannt, daß Rudi Schauspieler vortrefflich zu kopieren verstehe, nicht nur die lebendigen, sondern auch die – Nun aber stockte er. Doch Beate, im tiefsten erregt und schon in leichtem Rausch, wandte sich hastig an Rudi Beratoner, und etwas heiser fragte sie: »Da können Sie also auch Ferdinand Heinold kopieren?« Sie nannte den berühmten Namen, als gehöre er einem Fremden zu. Beratoner wollte es nicht Wort haben. Er begreife den Fritz überhaupt nicht, früher einmal habe er solche Späße getrieben, aber jetzt schon lange nicht mehr; auch habe er Stimmen, die er seit Jahren nicht gehört, selbstverständlich nicht mehr im Ohr, und wenn es schon sein müßte, so wollte er doch lieber irgendein Couplet in der Art eines beliebigen Komikers singen. Aber Beate ließ die Ausflüchte nicht gelten. Sie fühlte nichts anderes mehr als den Wunsch, die Gelegenheit nicht ungenützt vorübergehen zu lassen. Sie zitterte vor Verlangen, die geliebte Stimme, wenigstens im Abglanz, wieder zu hören. Daß dies Verlangen etwas Lästerliches bedeuten könnte, kam ihr im Nebel dieser Stunde kaum zu Bewußtsein. Endlich ließ Beratoner sich erbitten. Und klopfenden Herzens hörte Beate zuerst Hamlets Monolog »Sein oder Nichtsein« in Ferdinands heroischem Tonfall durch die freie Sommerluft klingen, dann Verse aus dem ›Tasso‹, dann irgendwelche längst vergessene Worte aus einem längst vergessenen Stück; hörte das Aufdröhnen und Hinschmelzen jener heißgeliebten Stimme und trank sie geschlossenen Auges wie ein Wunder in sich ein, bis es plötzlich, noch immer wie mit Ferdinands Organ, aber jetzt in seinem wohlbekannten Alltagston hart an ihrem Ohr erklang: »Grüß Gott, Beate!« Da riß sie, tief erschrocken, die Augen auf, sah hart vor sich ein frech verlegenes Gesicht, um dessen Lippen noch einen vergehenden Zug, der gespenstisch an Ferdinands Lächeln mahnte, begegnete einem irren Blick Hugos, einem dummtraurigen Grinsen um Fritzens Mund und hörte sich selbst wie aus weiter Ferne ein höfliches Wort der Anerkennung an den vortrefflichen Stimmkopisten richten. Das Schweigen, das nun folgte, war dunkel und lastend; sie ertrugen es alle nicht lang, und gleich wieder schwirrten gleichgültig lustige Worte von Sommerwetter und Ausflugsfreuden hin und her. Beate aber erhob sich bald, zog sich in ihr Zimmer zurück, wo sie verstört in ihren Fauteuil sank und dann in einen Schlaf fiel, aus dem sie nach kaum einer Stunde, doch wie aus abgrundtiefer Nacht, emportauchte. Als sie später in den abendkühlen Garten trat, waren die jungen Leute fortgegangen, kehrten sehr bald ohne Rudi Beratoner wieder, von dem sie mit deutlicher Absicht kein Wort mehr sprachen; und es war für Beate ein leiser Trost, wie der Sohn und der Geliebte durch besonders rücksichtsvolles und zartes Benehmen den quälenden Eindruck von heute nachmittag zu verwischen trachteten.

Und jetzt, da Beate in der Dämmerstille einer einsamen Stunde sich der wahren Stimme ihres Gatten erinnern wollte, gelang es ihr nicht. Immer wieder war es die Stimme jenes unwillkommenen Gastes, die in ihr erklang; und tiefer noch als bisher ward ihr bewußt, eine wie schwere Versündigung sie an dem Toten begangen, schlimmer als irgendeine, die er selbst bei Lebzeiten ihr zugefügt haben konnte; feiger und unsühnbarer als Untreue und Verrat. Er verweste in dunkler Erdentiefe, und seine Witwe ließ es geschehen, daß dumme Buben seiner spotteten, des wundervollen Mannes, der sie geliebt hatte, sie ganz allein, trotz allem, was sich ereignet haben mochte, sowie sie keinen andern geliebt hatte als ihn und keinen andern lieben würde. Jetzt wußte sie's erst, seit sie einen Geliebten hatte. Einen Geliebten!.. Oh, wenn er doch niemals wiederkehrte, der ihr Geliebter war! — Wenn er doch für immer fort wäre aus ihren Augen und aus ihrem Blut, und sie wohnte wieder allein mit ihrem Hugo in dem holden Sommerfrieden ihrer Villa wie früher. Wie früher? Und wenn Fritz nicht mehr da ist, wird sie denn darum ihren Sohn wieder haben? Hat sie überhaupt noch ein Recht, es zu erwarten? Hat sie sich denn in der letzten Zeit um ihn gekümmert? War sie nicht vielmehr froh gewesen, daß er seine eigenen Wege ging? Und es fiel ihr ein, wie sie neulich auf einem Spaziergange mit dem Ehepaar Arbesbacher ihren Sohn kaum hundert Schritte weit am Waldesrand in Gesellschaft von Fortunata, Wilhelmine Fallehn und einem fremden Herrn erblickt hatte; und sie — sie hatte sich kaum geschämt, nur angelegentlich mit ihren Begleitern weiter gesprochen, damit diese Hugo nicht bemerkten. Und am Abend desselben Tags, gestern — ja gewiß war es erst gestern gewesen, wie unbegreiflich dehnte sich doch die Zeit! — hatte sie am Seeufer Fräulein Fallehn und jenen fremden Herrn getroffen, der mit seinem schwarzen glänzenden Haar, den blitzend weißen Zähnen, dem englisch gestutzten Schnurrbart, seinem Rohseidenanzug und seinem knallroten Seidenhemd für sie wie ein Kunstreiter, ein Hochstapler oder ein mexikanischer Millionär aussah. Da Wilhelmine zum Gruß mit ihrem unerschütterlich tiefen Ernst den Kopf neigte, hatte auch er seinen Strohhut abgenommen, die Zähne blitzen lassen und Beate mit einem frechen lachenden Blick gemustert, der sie noch in der Erinnerung erröten machte. Welch ein Paar, diese beiden! Sie traute ihnen alle Laster und alle Verbrechen zu. Und das waren die Freunde der Fortunata, das die Leute, mit denen ihr Sohn jetzt spazieren ging und Verkehr pflegte. Beate schlug die Hände vors Gesicht, stöhnte leise und flüsterte vor sich hin: Fort, fort, fort! Sie sprach das Wort aus, ohne noch recht zu wissen, wohin es deutete. Erst allmählich fühlte sie seinen ganzen Sinn und ahnte, daß es vielleicht die Rettung für sie und Hugo in sich schloß. Ja, sie mußten fort, sie beide, Mutter und Sohn, und so rasch als möglich. Sie mußte ihn mit sich nehmen – oder er sie. Beide mußten sie den Ort verlassen, ehe sich irgend etwas ereignet, das nicht wieder gut zu machen war, ehe der Mutter Ruf vernichtet, ehe des Sohnes Jugend völlig verderbt, ehe das Schicksal über sie beide zusammengeschlagen war. Noch war es ja Zeit. Von ihrem eigenen Erlebnis wußte noch niemand; sie hätte es sonst irgendwie, zumindest am Benehmen des Baumeisters, merken müssen. Und auch das Abenteuer ihres Sohnes war gewiß noch nicht bekannt geworden. Und wenn, so würde man's dem unerfahrenen Knaben nachsehen; und auch der bisher so sorglosen Mutter durfte man keinen Vorwurf machen, falls sie nur, als hätte sie's eben erst entdeckt, mit dem Sohne die Flucht ergriffe. Also zu spät war es nicht. Die Schwierigkeit lag anderswo: darin, den Sohn zu einer so plötzlichen Abreise zu überreden. Beate ahnte ja nicht, wie weit die Macht der Baronin über Hugos Herz und Sinne reichen mochte. Sie wußte nichts, nichts von ihm, seit sie sich um ihre eigenen Liebschaften zu kümmern hatte. Aber daß sein Abenteuer mit Fortunata nicht zu ewiger Dauer bestimmt war, darüber konnte er sich doch nicht täuschen, klug wie er war, und so würde er wohl einsehen, daß es auf ein paar Tage mehr oder weniger nicht ankäme. Und sie richtete in Gedanken ihre Worte an ihn: Wir wollen ja nicht gleich nach Wien fahren! Oh, davon ist keine Rede, mein Bub. Wir reisen nach dem Süden, ja? Das haben wir ja schon lange vorgehabt. Nach Venedig, nach Florenz, nach Rom. Denk dir nur, die alten Kaiserpaläste wirst du sehen! Und die Peterskirche! ... Hugo! Gleich morgen fahren wir fort. Du und ich ganz allein. Wieder so eine Reise, wie vor zwei Jahren im Frühling. Erinnerst du dich? Mit dem Wagen über Mürzsteg nach Mariazell. War das nicht schön? Und diesmal wird es noch viel schöner sein. Und wenn's dir zuerst auch ein bißchen schwer wird, o Gott, ich weiß ja, ich frag' dich ja nicht und du mußt mir gar nichts erzählen. Aber wenn du so vieles Schöne und Neue siehst, so wirst du vergessen. Sehr schnell wirst du vergessen. Viel schneller, als du ahnst. – Und du, Mutter, du? – Es kam ganz tief aus ihr mit Hugos Stimme. Sie fuhr zusammen. Und sie nahm rasch die Hände von den Augen, wie um sich zu vergewissern, daß sie allein war. Ja, sie war es. Ganz allein im Haus, in dem dämmrigen Zimmer; draußen atmete schwer und schwül der Sommertag, niemand konnte sie stören. Sie hatte Ruhe und Zeit zu überlegen, was sie ihrem Sohne sagen sollte. Und das war gewiß: eine Erwiderung, wie ihre erregten Sinne sie ihr vorgetäuscht hatten, brauchte sie nicht zu fürchten. »Und du, Mutter?« Das konnte er sie nicht fragen. Denn er wußte nichts, er konnte ja nichts wissen. Und er wird auch niemals etwas wissen. Selbst wenn irgendeinmal ein dunkles Gerücht an sein Ohr dringt, er wird es nicht glauben. Nie wird er so etwas von seiner Mutter glauben. Darüber kann sie ganz beruhigt sein. Und sie sieht sich mit ihm wandeln in irgendeiner phantastischen Landschaft, wie sie sich ihrer wohl von einem Bild her erinnert, auf einer graugelben Straße – und in der Ferne ganz im Blau schwimmt eine Stadt mit vielen Türmen. Und dann wieder gehen sie auf einem großen Platz herum unter Bogengängen, unbekannte Menschen begegnen ihr und sehen sie an, sie und ihren Sohn. So merkwürdig sehen sie sie an, mit frechem, zähneblitzendem Lachen und denken sich: Ah, die hat sich da einen hübschen Burschen auf die Reise mitgenommen. Seine Mutter könnte sie sein. Wie? Die Leute halten sie für ein Liebespaar? Nun, warum nicht. Die können ja nicht wissen, daß der Bursch da ihr Sohn ist; – und ihr merken sie wohl an, daß sie eine von den überreifen Frauen ist, denen die Laune nach so jungem Blute steht. Und da gehen sie nun beide in einer fremden Stadt herum, unter unbekannten Leuten, und er denkt an seine Liebste mit dem Pierrotgesicht, und sie an ihren blonden süßen Buben. Sie stöhnt auf. Sie ringt die Hände. Wohin noch? Wohin? Nun war ihr gar das Kosewort verräterisch über die Lippen geglitten, mit dem sie ihn heute nacht erst zärtlich am Busen hielt.

Ihn, von dem sie nun für immer Abschied nehmen und den sie niemals, niemals wiedersehen wird. Doch, einmal noch, heute, wenn er zurückkommt. Oder morgen früh. Aber ihre Türe heute nacht wird versperrt bleiben. Es ist aus für immer. Und sie will ihm zum Abschied sagen, daß sie ihn sehr geliebt hat, so sehr, wie es ihm sicher nie wieder begegnen wird. Und in diesem stolzen Gefühl wird er seiner ritterlichen Pflicht zu ewiger Verschwiegenheit um so tiefer sich bewußt werden. Und er wird es verstehen, daß geschieden sein muß, und er wird ihr die Hand noch einmal küssen und wird gehen. Wird gehen. Und was dann? Was dann? Und sie fühlt sich daliegen mit halbgeöffneten Lippen, ausgebreiteten Armen, bebendem Leib, und sie weiß es: träte er in diesem Augenblick durch die Türe, sehnsüchtig und jung, sie vermöchte ihm nicht zu widerstehen und würde ihm wieder gehören mit all der Inbrunst, die nun in ihr erwacht ist wie etwas jahrelang Vergessenes, ja, wie etwas, das sie vorher gar nicht gekannt hat. Und nun weiß sie auch, gequält und beseligt zugleich, daß der Jüngling, dem sie sich gegeben, nicht ihr letzter Geliebter sein wird. Aber schon regt es sich in ihr mit heißer Neugier: wer wird der nächste sein? Doktor Bertram? Ein Abend kommt ihr ins Gedächtnis – war es vor drei, vor acht Tagen? – sie weiß es nicht, die Zeit dehnt sich, verkürzt sich, die Stunden schwimmen ineinander und bedeuten nichts mehr – im Park bei Welponers war es gewesen, wo Bertram in einer dunklen Allee sie mit einemmal an sich gerissen, umschlungen und geküßt hatte. Und wenn sie ihn auch heftig von sich gestoßen, was konnte ihm das bedeuten, da er doch den gewährenden Druck ihrer kußgewohnten Lippen hatte fühlen müssen? Darum war er auch gleich so ruhig geworden und bescheiden, als wüßte er doch ganz genau, woran er wäre, und in seinem Blick stand zu lesen: Der Winter gehört mir, schöne Frau. Wir sind ja auch längst einverstanden. Wir wissen es beide, daß der Tod ein bittres Ding ist und Tugend nur ein leeres Wort und daß man nichts versäumen soll. Aber es war ja gar nicht Bertram, der zu ihr sprach. Mit einemmal, während sie mit geschlossenen Augen dalag, hatte dem Antlitz Bertrams sich ein anderes untergeschoben, das jenes Kunstreiters oder Hochstaplers oder Mexikaners, der sie neulich so frech angestarrt hatte, ganz in der Art, wie es Doktor Bertram und alle möglichen anderen Leute taten. Sie hatten ja alle den gleichen Blick, alle, und immer dasselbe sagte und verlangte und wußte dieser Blick; und wenn man sich mit einem von ihnen einließ, so war man verloren. Sie nahmen die, die ihnen gerade gefiel, und warfen sie wieder weg... Ja – wenn eine sich nehmen und wegwerfen ließ. Aber zu denen gehörte sie nicht. Nein, so weit war es mit ihr noch nicht gekommen. Flüchtige Abenteuer waren ihre Sache nicht. Wäre sie zu dergleichen geboren, wie könnte sie denn diese Geschichte mit Fritz so schwer nehmen? Und wenn sie nun leidet, bereut, sich abquält, so ist es nur, weil das, was sie getan hat, so völlig gegen ihre Art ist. Sie versteht es ja gar nicht recht, daß all das geschehen konnte. Es ist auch nicht anders zu erklären, als daß es in diesen unerträglich schwülen Sommertagen wie eine Krankheit über sie gefallen, sie wehrlos und wirr gemacht hat. Und wie die Krankheit gekommen ist, so wird sie auch wieder gehen. Bald, bald. Sie fühlt es ja in all ihren Pulsen, ihren Sinnen, in ihrem ganzen Leib, daß sie nicht dieselbe ist, die sie war. Kaum vermag sie ihre Gedanken zu sammeln. Wie fiebrisch rasen sie durch ihr Hirn. Sie weiß nicht, was sie will, was sie wünscht, was sie bereut, kaum, ob sie glücklich oder unglücklich ist. Es kann nur eine Krankheit sein. Es gibt Frauen, bei denen solch ein Zustand lange dauert und gar nicht weichen will; so eine mag Fortunata sein, und jenes marmorblasse Fräulein Fallehn. Andere gibt es wieder, die überfällt es oder schleicht sich ein, und weicht bald von dannen. Und das ist ihr Fall. Ganz gewiß. Wie hat sie nur all die Jahre gelebt, seit Ferdinand dahingegangen ist! Keusch wie ein junges Mädchen, ja ohne Wunsch. Erst in diesem Sommer ist es über sie gekommen. Ob es nicht in der Luft liegen mag in diesem Jahr? Die Frauen alle sehen anders aus als sonst; die Mädchen auch, sie haben hellere, frechere Augen, und ihre Gebärden sind unbedenklich, lockend und voll Verführung. Man hört ja auch allerlei! Was war das nur für eine Geschichte von der jungen Arztesfrau, die nachts mit einem Ruderknecht auf den See hinausgefahren und erst am nächsten Morgen wieder heimgekommen sein sollte? Und die zwei jungen Mädchen, die drüben auf der Wiese, gerade als das kleine Dampfschiff vorbeifuhr, nackt gelegen, und plötzlich, ehe man sie zu erkennen vermochte, im Wald verschwunden waren? Gewiß, es liegt in der Luft in diesem Jahr. Die Sonne hat besondere Kraft und die Wellen des Sees schmeicheln sich süßer um die Glieder als je. Und wenn der geheimnisvolle Bann sich löst, wird auch sie wieder werden wie sie war und durch das heiße Abenteuer dieser Tage und Nächte wie durch einen bald vergessenen Traum geglitten sein. Und wenn sie es wieder einmal nahen fühlt, wie sie es ja auch diesmal lang vorher nahen gefühlt, wenn die Sehnsucht ihres Blutes gefahrdrohend sich zu regen beginnt, so kann sie ja eine Rettung besserer und reinerer Art wählen als diesmal und, wie andere Frauen im gleichen Fall, eine zweite Ehe eingehen. Doch ein spöttisches wie von sich selbst überraschtes Lächeln stieg ihr nun auf die Lippen. Es fiel ihr jemand ein, der kürzlich dagewesen war und dem sie die redlichsten Absichten zutrauen durfte: der Advokat Doktor Teichmann. Sie sah ihn vor sich im funkelnagelneuen grünen, gelb-gesprenkelten Touristenanzug, mit schottischer Krawatte, den grünen Hut mit dem Gamsbart verwegen auf dem Haupt, kurz in einem Aufzug, mit dem er ihr offenbar beweisen wollte, daß er sehr unternehmend auszusehen wußte, wenn er auch als ernster Mann unter gewöhnlichen Umständen auf derlei Äußerlichkeiten keinen Wert legte. Sie sah ihn dann, wie er beim Mittagessen auf der Veranda saß zwischen ihrem Sohn und ihrem Geliebten, bald an den einen, bald an den andern mit oberlehrerhafter Wichtigkeit das Wort richtend – und sah ihn in seiner ganzen lächerlichen Ahnungslosigkeit, die sie dazu gereizt hatte, in frecher Laune unterm Tisch mit ihrem Fritz zärtliche Händedrücke zu tauschen. Noch am selben Abend war er wieder abgereist, da er mit Freunden in Bozen zusammentreffen sollte; und obwohl Beate ihn zum Verweilen nicht aufgefordert hatte, schien er beim Abschied sehr aufgeräumt und hoffnungsvoll, denn in der übermütigen Stimmung jenes Sommertages hatte sie's auch ihm gegenüber an aufmunternden und verheißenden Blicken nicht fehlen lassen. Nun tat ihr auch dies leid, wie so vieles andere, und sie sah der nächsten Unterredung mit ihm um so unsicherer entgegen, als ihr das allmähliche Schwinden ihrer Willenskraft in der tiefen Abspannung dieser Stunde besonders schmerzlich bewußt ward. Mit gleicher Beschämung erinnerte sie sich jenes Gefühls von Hilflosigkeit, das sie während ihrer letzten Gespräche mit Direktor Welponer manchmal überkommen hatte; und doch schien es ihr, daß sie, vor eine Wahl gestellt, sich eher als die Gattin des Direktors denken könnte, ja sie mußte sich gestehen, daß diese Vorstellung eines gewissen Reizes für sie nicht entbehrte. Heute war ihr sogar, als hätte dieser Mann sie seit jeher interessiert; und was der Baumeister in der letzten Zeit von großartigen Spekulationen und Kämpfen des Bankdirektors erzählt, in denen er gegen Minister und Mitglieder des Hofes den Sieg davongetragen hatte, war durchaus geeignet gewesen, Beatens Neugier und Bewunderung zu erregen. Übrigens hatte auch Doktor Teichmann ihn gesprächsweise ein Genie genannt und ihn in der Kühnheit seiner Unternehmungen, was für Teichmann jederzeit das Höchste bedeutete, mit einem todesmutigen Reitergeneral verglichen. So durfte es Beaten wohl ein wenig schmeicheln, wenn gerade dieser Mann sie zu begehren schien, ganz abgesehen von der Genugtuung, die es ihr bereiten würde, der Frau den Mann zu nehmen, die ihr einmal den ihren geraubt hatte. Mir den meinen? fragte sie sich mit verwirrtem Staunen. Was ist mir nur? Wo gerate ich hin? Glaube ich es denn? Es kann ja nicht wahr sein. Alles andere, aber nicht das. Davon hätte ich doch etwas merken müssen. Merken müssen? Warum? War Ferdinand nicht ein Schauspieler und ein großer dazu? Warum sollte es nicht geschehen sein, ohne daß ich es gemerkt habe? Ich war ja so vertrauensvoll, da ist's wohl nicht schwer gewesen, mich zu betrügen. Nicht schwer ... Aber darum muß es noch nicht geschehen sein. Fritz ist ein Schwätzer, ein Lügner, und auch die Gerüchte sind lügnerisch und dumm. Und wenn es doch geschehen ist, nun, so ist es lang vorbei. Und Ferdinand ist tot. Und die damals seine Geliebte war, ist eine alte Frau. Was geht mich all dies Vergangene an? Was jetzt zwischen dem Direktor und mir sich abspielt, ist eine ganz neue Geschichte, die mit jener vergangenen nichts mehr zu tun hat. Wahrhaftig, dachte sie weiter, es wäre so übel nicht, eines Tages dort oben einzuziehen in die fürstliche Villa mit dem großen Park. Welcher Reichtum, welcher Glanz! Und welche wunderbaren Aussichten für Hugos Zukunft!.. Freilich, jung war er nicht mehr. Und das kam immerhin einigermaßen in Betracht, besonders wenn man so verwöhnt war wie sie in der letzten Zeit. Ja, gerade im Laufe dieses Sommers, im Laufe dieser letzten Wochen schien er sonderbar rasch zu altern. Ob daran nicht die Liebe zu ihr mit schuld war? Nun, was tut's? Es gibt ja Jüngere auch, man wird ihn eben betrügen; es ist offenbar sein Los. Sie lachte kurz, es klang häßlich und bös, und sie fuhr auf wie aus einem wüsten Traum. Wo bin ich? Wo bin ich? flüsterte sie vor sich hin. Sie rang die Hände himmelwärts. Wie tief noch läßt du mich sinken! Gibt es denn keinen Halt mehr? Was ist's denn, was mich so elend macht und so erbärmlich? Was macht, daß ich überallhin ins Leere greife und nicht besser bin als Fortunata und alle Weiber dieser Art? Und plötzlich mit versagendem Herzschlag wußte sie's, was sie elend machte: der Boden, auf dem sie jahrelang in Sicherheit dahingewandelt, schwankte, und der Himmel dunkelte über ihr: der einzige Mann, den sie je geliebt, ihr Ferdinand, war ein Lügner gewesen. Ja .. sie wußte es nun. Sein ganzes Leben mit ihr war Trug und Heuchelei gewesen; mit Frau Welponer hatte er sie betrogen und mit anderen Frauen, mit Komödiantinnen und Gräfinnen und Dirnen. Und wenn in schwülen Nächten der matte Zauber des Nebeneinanderseins ihn in Beatens Arme gedrängt hatte, so war es von allen Lügen die schlimmste und niedrigste gewesen, denn an ihrer Brust, sie wußte es, hatte er der andern, all der andern in lüsterner Tücke gedacht. Warum aber wußte sie es mit einemmal? Warum? Weil sie nicht anders, nicht besser gewesen war als er! War es denn Ferdinand gewesen, den sie in ihren Armen hielt, der Komödiant mit der roten Nelke, der oft genug erst um drei Uhr morgens, nach Weine riechend, aus der Kneipe nach Hause kam? Der großrednerisch mit trüben Augen leere und unsaubere Dinge schwatzte? Der als junger Mensch von Gnaden einer alternden Witwe seine vornehmen Passionen bestritten und in lustiger Gesellschaft zärtliche Briefchen vorgelesen hatte, die ihm verliebte Närrinnen in die Garderobe sandten? Nein, den hatte sie niemals geliebt. Dem wäre sie ja davongelaufen im ersten Monat ihrer Ehe. Der, den sie liebte, war nicht Ferdinand Heinold gewesen; Hamlet war es und Cyrano und der königliche Richard und der und jener, Helden und Verbrecher, Sieger und Todgeweihte, Gesegnete und Gezeichnete. Und auch der unheimlich Glühende, der einst in verhangener Sommernacht aus dem verschwiegenen Dämmer des Ehgemachs sie mit sich in den Garten gelockt zu unsäglichen Wonnen, das war nicht er gewesen, sondern irgendein geheimnisvollgewaltiger Geist aus den Bergen, den er spielte, ohne es zu wissen – spielen mußte, weil er ohne Maske nicht zu leben vermochte, weil ihn davor geschauert hätte, im Spiegel ihres Auges je sein wahres Gesicht zu erblicken. So hatte sie ihn immer betrogen, wie er sie, – hatte stets, eine Verlorene von Anbeginn, ein Dasein phantastisch-wilder Lust geführt; nur daß es niemand hatte ahnen können, nicht einmal sie selbst. –

Jetzt aber war es offenbar geworden. Immer tiefer zu gleiten war sie bestimmt, und eines Tages, wer weiß wie bald, wird es der ganzen Welt klar sein, daß ihre ganze bürgerliche Wohlanständigkeit eine Lüge war, daß sie um nichts besser ist als Fortunata, Wilhelmine Fallehn und all die andern, die sie bis heute verachtet hat. Und auch ihr Sohn wird es wissen; und wenn er die Sache mit Fritz nicht glaubt, so wird er eine nächste glauben und glauben müssen; – und plötzlich sieht sie ihn leibhaftig vor sich mit schmerzlichen, weit aufgerissenen Augen, die Arme abwehrend vor sich hingestreckt; und wie sie sich ihm nähern will, wendet er in Grauen sich ab und eilt davon mit traumhaft fliegenden Schritten. Und sie stöhnt auf, mit einem Male wieder völlig wach. Hugo verlieren?! Alles, – nur das nicht. Lieber sterben, als keinen Sohn mehr haben. Sterben, ja. Denn dann hat sie ihn wieder. Dann kommt er an das Grab der Mutter und kniet nieder und schmückt es mit Blumen und faltet die Hände und betet für sie. Rührung schleicht bei diesem Gedanken, süß und widerlich, trügerisch-friedvoll in ihre Seele. Doch tief in ihr raunt es: Darf ich denn ruhen? Habe ich denn nicht noch über vieles nachzudenken? Gewiß... Morgen geht es ja auf die Reise. Mor-

gen... Was ist da noch alles zu tun.. So viel..
so viel...

Und in der sie umgebenden Dämmerstille fühlte sie, daß draußen Welt, Menschen und Landschaft aus dem Sommernachmittagsschlummer erwacht sein mußten. Allerlei fernes Geräusch, unbestimmbar und verwirrt, drang durch die geschlossenen Spalettläden zu ihr. Und sie wußte, daß die Leute nun schon auf Spazierwegen wandelten, in Kähnen fuhren, Tennis spielten und auf der Hotelterrasse Kaffee tranken; ja, in ihrem noch halb träumenden Zustand sah sie ein heiteres Gewimmel von Sommerleuten, in spielzeughafter Kleinheit, aber farbig-deutlich vor sich auf und nieder schweben. Das Tikken der Taschenuhr auf ihrem Nachtkästchen tönte überlaut und wie mahnend in ihr Ohr. In Beate meldete sich die Neugier zu wissen, wie spät es sei, aber noch hatte sie die Kraft nicht, ihren Kopf zu wenden oder gar Licht zu machen. Irgendein neues, näheres Geräusch, aus dem Garten offenbar, war allmählich vernehmbar geworden. Was mochte das sein? Menschenstimmen, zweifellos. So nah? Stimmen im Garten? Hugo und Fritz? Wie ist es denn möglich, daß die beiden schon zurück sind? Nun, der Abend ist nah und Fritz war wohl von seiner

Sehnsucht so bald zurückgetrieben worden. Aber Hugo? Sie hatte nicht zu hoffen gewagt, daß er vor Mitternacht von seinem sogenannten Ausflug daheim sein würde. Doch wer hat ihnen aufgetan? Hatte sie denn nicht die Türe versperrt? Und das Mädchen kann ja noch nicht zurück sein. Gewiß haben sie zuerst geklingelt, und sie hat es im Schlaf überhört. Dann sind sie wohl wieder einmal über den Zaun geklettert, und daß die Frau des Hauses daheim ist, können sie natürlich nicht ahnen. Nun lacht einer von den beiden draußen. Was ist denn das für ein Lachen? Hugos Lachen ist es nicht. Aber auch Fritz lacht nicht so. Jetzt lacht der andere. Das ist Fritz. Nun wieder der erste. Das ist nicht Hugo. Er spricht. Auch Hugos Stimme ist es nicht. So ist Fritz mit einem anderen im Garten? Nun sind sie ja ganz nahe. Es scheint, daß sie sich draußen auf die Bank gesetzt haben, auf die weiße unter dem Fenster. Und nun hört sie, wie Fritz jenen andern beim Namen nennt. Rudi.. Also, mit dem sitzt er unter ihrem Fenster. Nun, gar so erstaunlich ist das eben nicht. Es war ja neulich in ihrer Gegenwart abgemacht worden, daß Rudi Beratoner bald wieder herüberkommen sollte. Vielleicht war er schon früher dagewesen, hatte niemanden angetroffen

und war dann am Bahnhof oder sonstwo Fritz begegnet, den die Liebe so früh aus Ischl wieder zurückgetrieben hatte. Jedenfalls lag kein Grund vor, sich darüber den Kopf zu zerbrechen. Sie waren nun einmal da, die beiden jungen Herren und saßen im Garten auf der weißen Bank unter dem Fenster des Nebenzimmers. Nun hieß es aber aufstehen, sich ankleiden, und hinaus in den Garten. Warum? Mußte sie wirklich in den Garten? Hatte sie so besondere Sehnsucht, Fritz wiederzusehen oder hatte sie gar Lust, den unverschämten Jungen zu begrüßen, der neulich ihres verstorbenen Gatten Stimme und Gebärdenspiel mit so höhnischer Vortrefflichkeit nachgeäfft hatte? Aber es blieb ihr am Ende nichts anderes übrig, als den jungen Leuten guten Abend zu sagen. Sie konnte sich ja nicht auf die Dauer hier so stille halten und indessen die beiden draußen schwätzen lassen, was ihnen beliebte. Daß es keine sonderlich saubere Unterhaltung sein dürfte, das ließ sich wohl vermuten. Nun, das ging sie ja weiter nichts an. Sie sollten reden, was sie wollten.
Beate hatte sich erhoben und saß auf dem Bettrand. Da hörte sie zum erstenmal ein Wort mit völliger Deutlichkeit an ihr Ohr dringen, den Namen ihres Sohnes. Natürlich redeten sie über

Hugo; und was, das war nicht schwer zu erraten. Nun lachten sie wieder. Aber die Worte waren nicht zu verstehen. Ganz nah am Fenster hätte sie dem Gespräche wohl folgen können, aber es war vielleicht besser darauf zu verzichten. Man konnte unangenehme Überraschungen erleben. Jedenfalls war es das klügste, sich so rasch als möglich fertig zu machen und in den Garten zu begeben. Aber es drängte Beate doch, vorerst ganz leise zu den verschlossenen Läden hinzuschleichen. Durch einen schmalen Spalt guckte sie hinaus und vermochte nichts zu sehen als einen Streifen Grün; dann durch einen andern einen blauen Himmelsstreif. Aber um so besser würde sie jetzt hören, was da draußen auf der Bank gesprochen wurde. Wieder war es nur der Name ihres Hugo, den sie vernehmen konnte. Alles andere klang so geflüstert und getuschelt, als hätten die beiden immerhin die Möglichkeit des Belauschtwerdens in Betracht gezogen. Beate legte das Ohr an die Spalte und aufatmend lächelte sie. Sie redeten ja von der Schule. Ganz deutlich verstand sie: »Da hätt' ihn der ekelhafte Kerl am liebsten durchfallen lassen.« Und dann: »Ein böser Hund.« Sie schlich wieder zurück, hüllte sich geschwind in ein bequemes Hauskleid: dann, von unbezwinglicher Neugier gepackt, glitt sie wieder zum Fenster hin. Und nun merkte sie, daß nicht mehr von der Schule gesprochen wurde. »Eine Baronin ist sie?« Das war Rudi Beratoners Stimme. Und jetzt.. pfui, was war das für ein häßliches Wort. »Den ganzen Tag ist er mit ihr zusammen und heut —« Oh, das war Fritzens Stimme. Unwillkürlich hielt sie sich die Ohren zu, entfernte sich vom Fenster und war entschlossen, sofort in den Garten zu eilen. Aber eh' sie noch die Tür erreicht hatte, trieb es sie wieder zum Fenster hin, sie kniete nieder, drängte ihr Ohr an den Spalt und lauschte, mit weitaufgerissenen Augen und brennenden Wangen. Rudi Beratoner erzählte eben eine Geschichte, zuweilen dämpfte er die Stimme bis zum Flüsterton, aber aus den einzelnen Worten, die Beate vernahm, wurde ihr allmählich klar, um was es sich handelte. Es war ein Liebesabenteuer, von dem Rudi berichtete; Beate vermochte Koseworte in französischer Sprache zu unterscheiden, die er mit süßlich dünner Stimme vortrug. Ah, offenbar kopierte er die Redeweise jener Person. Das verstand er ja so vortrefflich. Wer schläft im Zimmer daneben? Seine Schwester. Ah, die Gouvernante ist es... Weiter.. weiter.. Wie verhält sich das? Wenn die Schwester schläft, so kommt die Gouvernante zu ihm. Und dann, und dann...? Beate will es nicht hören, und doch lauscht sie weiter und weiter mit wachsender Begier. Welche Worte! Welcher Ton! So sprachen diese Burschen von ihren Geliebten! Nein, nein, nicht alle und nicht von allen. Was mußte das für ein Frauenzimmer sein! Sie verdiente es wohl, daß man so von ihr sprach und nicht anders. Warum denn verdiente sie's? Was hatte sie denn am Ende verbrochen? Es wurde ja auch nur abscheulich, wenn man davon sprach. Wenn Rudi Beratoner sie in den Armen hielt, war er gewiß zärtlich und hatte holde Liebesworte für sie, − wie sie alle haben in diesen Augenblicken. Wenn sie nur Fritzens Gesicht hätte sehen können. Oh, sie konnte sich's vorstellen. Seine Wangen brannten und seine Augen glühten .. Nun wurde es für eine Weile ganz still. Die Geschichte war offenbar aus. Und plötzlich hörte sie Fritzens Stimme. Er fragt. Wie, so genau mußt du alles wissen? Ein dumpfes Gefühl von Eifersucht regt sich in Beate. Wie − auch darauf willst du antworten? Ja, Rudi Beratoner spricht. So rede doch wenigstens lauter. Ich will hören, was du sagst, du Schuft, der du meinen Gatten im Grab beleidigt hast und nun deine Geliebte erniedrigst und beschimpfst. Lauter! O Gott, es war laut genug. Er erzählte nicht mehr. Er fragte. Er wollte wissen, ob Fritz hier im Ort – Ja, du Schuft, schwelge nur in deinen gemeinen Worten. Es wird dir nichts helfen. Du wirst nichts erfahren. Fritz ist fast noch ein Knabe, aber er ist ritterlicher als du. Er weiß, was er einer anständigen Frau schuldet, die ihm ihre Gunst geschenkt hat. Nicht wahr, Fritz, mein süßer Fritz, du wirst nichts reden? Was zwang sie nur auf den Boden fest, so daß sie nicht aufstehen konnte, hinauseilen, und der schändlichen Unterhaltung ein Ende machen? Aber was hätte es auch geholfen? Rudi Beratoner war der Mann nicht, sich so leicht zufrieden zu geben. Wenn ihm heute seine Antwort nicht wird, nicht in dieser Stunde, so wird er in einer nächsten die Frage wiederholen. Es ist schon das beste, hier zu bleiben und weiter zu lauschen, da weiß man wenigstens, woran man ist. Warum so leise, Fritz? Sprich nur. Warum sollst du dich deines Glücks nicht rühmen? Eine anständige Frau wie ich... das ist doch etwas anderes als eine Gouvernante. Beratoner spricht lauter. Ganz deutlich hört Beate ihn nun sagen: »Da mußt du ein rechter Tepp sein.« Ah, laß dich nur für einen Teppen halten, Fritz. Nimm es auf dich.

Wie, du glaubst es ihm nicht, du Schuft? Du willst ihm durchaus sein Geheimnis entlocken? Ahnst du am Ende? Hat dir schon wer anderer was gesagt? Und wieder hört sie Fritz flüstern, doch es ist ihr ganz unmöglich, die Worte zu verstehen. Nun wieder Beratoners Stimme, tief und roh: »Was, eine verheiratete Frau? Aber geh. Wird wahrscheinlich grad so sein –« Willst du nicht schweigen, Schuft! Sie fühlt, daß sie in ihrem Leben noch keinen Menschen so gehaßt hat wie diesen jungen Burschen, der sie beschimpft, ohne zu wissen, daß sie es ist, die er beschimpft. Wie, Fritz? Um Himmelswillen lauter! »Schon abgereist.« Wie? Ich bin schon abgereist? Ah, vortrefflich, Fritz, du willst mich vor schmählichem Verdacht bewahren. Sie lauscht. Sie saugt seine Worte ein. »Eine Villa am See... Der Mann ist Advokat.« Nein, was für ein Schwindler! Wie köstlich er lügt. Sie hätte sich geradezu unterhalten können, wenn nicht die Angst in ihr gewühlt hätte. Wie? Der Mann ist furchtbar eifersüchtig? Er hat ihr gedroht sie umzubringen, wenn er ihr je auf etwas käme? Wie? Heute bis vier Uhr früh... Jede Nacht.. Jede.. Nacht... Genug, genug, genug! Willst du nicht endlich schweigen? Schämst du dich nicht? Warum beschmutzt du mich so?

Wenn dein sauberer Freund es auch nicht weiß,
daß ich es bin, von der du sprichst, du weißt es
doch. Warum lügst du nicht lieber! Genug! Genug! Und sie möchte sich die Ohren zuhalten;
aber statt es zu tun, lauscht sie nur um so angestrengter. Keine Silbe mehr entgeht ihr, und
verzweifelt hört sie von ihres süßen Buben Lippen die ausführliche Schilderung der seligen
Nächte, die er in ihren Armen verbracht hat,
hört sie in Worten, die auf sie niedersausen wie
Peitschenhiebe, in Ausdrücken, die sie zum erstenmal vernimmt und die ihr doch, rasch verstanden, blutige Scham in die Stirne treiben. Sie
weiß, daß alles, was Fritz da draußen im Garten erzählt, nichts anderes ist als die Wahrheit,
und fühlt zugleich, daß diese Wahrheit schon
wieder aufhört es zu sein – daß dies erbärmliche
Geschwätz, was ihre und seine Seligkeit gewesen, in Schmutz und Lüge wandelt. Und diesem
da hatte sie gehört. Diesem als ersten, seit sie
frei war, sich gegeben. Ihre Zähne schlugen zusammen, ihre Wangen, ihre Stirne brannten,
ihre Knie wetzten sich am Boden wund. Plötzlich fuhr sie zurück. Das Haus wollte Rudi Beratoner sehen? Und wie das käme, daß die Leute
schon abgereist seien mitten im schönsten Sommer? »Aber kein Wort glaub' ich dir von der

ganzen Geschichte. Advokatengattin? Lächerlich. Soll ich dir sagen, wer's ist?« Sie lauscht mit den Ohren, mit dem Herzen, mit allen Sinnen. Aber es kommt kein Wort. Doch ohne zu sehen weiß sie, daß Beratoner mit den Augen nach dem Hause deutet; ja, gerade nach dem Fenster, hinter dem sie kniet. Und nun Fritzens Antwort. »Was fällt denn dir ein? Du bist ja verrückt.« Darauf der andere: »Aber red' nichts. Ich hab's ja schon neulich gemerkt. Gratuliere. Ja, so bequem hat's nicht ein jeder. Ja, die — Aber wenn ich wollt' —« Beate wollte nichts mehr hören. Sie wußte selbst nicht, wie ihr das gelang. Vielleicht war es das Sausen des Blutes in ihrem Hirn, das Beratoners letzte Worte übertönt hatte. Eine ganze Weile ging das Sprechen draußen in diesem Sausen unter, bis sie wieder Fritzens Worte zu verstehen vermochte: »Aber so schweig doch. Wenn sie am End' zu Haus ist.« Spät fällt dir das ein, mein süßer Bub. »Na, und wenn schon«, sagte Beratoner laut und frech. Dann flüsterte wieder Fritz rasch und aufgeregt, und plötzlich hörte Beate, wie beide draußen sich von der Bank erhoben. Um Himmelswillen, was nun? Sie warf sich der Länge nach auf den Boden, so daß es unmöglich gewesen wäre, sie von draußen durch eine Spalte zu erspähen. Schatten schienen an den Läden vorbeizustreifen, Tritte knirschten über den Kies, ein paar gedämpfte Worte tönten, dann ein leises Lachen, schon ferner, und dann nichts mehr. Sie wartete. Nichts regte sich. Dann hörte sie wieder die Stimmen weiter draußen im Garten, verhallend, dann nichts, lange nichts, bis sie überzeugt sein durfte, daß die beiden fort waren. Sie mochten wohl über den Zaun geklettert sein, so wie sie hereingekommen waren, und erzählten einander ihre Geschichten draußen weiter. Blieb denn noch etwas zu erzählen übrig? Hatte Fritz irgend etwas vergessen? Nun, das holte er jetzt wohl nach. Und nach seiner kostbaren Art wird er wohl noch etliches dazu erfinden, um Rudi Beratoner recht zu imponieren. Warum nicht? Ja, das ist das lustige Jugendleben. Der eine hat die Gouvernante von seiner Schwester, der andere die Mutter von seinem Schulkameraden und der dritte eine Baronin, die früher beim Theater war. Ja, sie durften schon mitreden, die jungen Herren; sie kannten die Weiber und durften kühn behaupten, daß eine war wie die andere.

Und Beate wimmerte lautlos in sich hinein. Noch immer lag sie der Länge nach ausgestreckt auf dem Boden. Wozu aufstehen? Wozu gleich aufstehen? Wenn sie sich dazu entschloß, konnte es ja doch nur sein, um ein Ende zu machen. Fritz noch einmal begegnen und dem andern –?! Sie hätte ihnen ja ins Gesicht spucken müssen, mit den Fäusten ihnen ins Gesicht schlagen. Aber wäre das nicht Erlösung, Wollust, – ihnen nachstürzen, ihnen ins Antlitz schreien: Ihr Buben, ihr Schufte, schämt ihr euch nicht, schämt ihr euch nicht? . . . Aber zugleich weiß sie, daß sie es nicht tun wird. Sie fühlt, daß es nicht einmal der Mühe wert wäre, da sie doch entschlossen ist und entschlossen sein muß, einen Weg zu gehen, auf dem kein Schimpf und kein Hohn ihr zu folgen vermag. Nie wieder, nie kann sie, die Geschändete, irgendeinem Menschen vor Augen treten. Eines nunmehr hat sie auf Erden zu tun: von dem Einzigen Abschied zu nehmen, der ihr teuer ist – von ihrem Sohn! Von ihm allein. Aber natürlich ohne daß er es merkt. Nur sie wird es wissen, daß sie ihn für alle Ewigkeit verläßt, daß sie zum letztenmal die geliebte Kinderstirne küßt. Wie seltsam war es doch, solche Dinge zu denken, auf den Boden hingestreckt, regungslos. Träte jetzt irgendwer plötzlich ins Zimmer, er müßte mich unfehlbar für tot halten. Wo wird man mich finden? dachte sie weiter. Wie werd' ich's vollbringen? Wie werd' ich dahingelangen, daß ich fühllos daliege, um niemals wieder zu erwachen?

Ein Geräusch im Vorzimmer machte sie erzittern. Hugo war nach Hause gekommen. Sie hörte ihn draußen auf dem Gang an ihrer Tür vorübergehen, die seine aufschließen; – und nun war es wieder still. Er war zurück. Sie war nicht mehr allein. Langsam, mit schmerzenden Gliedern erhob sie sich. Im Zimmer war es fast völlig dunkel; und die Luft schien ihr plötzlich unerträglich dumpf. Sie begriff nicht, warum sie eigentlich so lange auf dem Fußboden gelegen war und warum sie die Läden nicht schon früher geöffnet hatte. Hastig tat sie es nun, und vor ihr breitete sich der Garten, ragten die Berge, dämmerte der Himmel, und es war ihr, als hätte sie all das viele Tage und Nächte lang nicht gesehen. So wundersam friedvoll breitete sich die kleine Welt im Abend hin, daß auch Beate ruhiger wurde; zugleich aber fühlte sie eine Angst leise in sich aufsteigen, sie könnte durch diese Ruhe sich täuschen und verwirren lassen. Und sie sagte sich selbst: Was ich gehört habe, habe ich gehört, was geschehen ist, ist geschehen; die Ruhe dieses Abends, der Frieden dieser Welt ist nicht für mich; es kommt ein

Morgen; der Lärm des Tages hebt wieder an, die Menschen bleiben böse und gemein und die Liebe ein schmutziger Spaß. Und ich bin eine, die es niemals mehr vergessen kann, nicht bei Tag und nicht bei Nacht, nicht in der Einsamkeit und nicht in neuer Lust, in der Heimat nicht und nicht in der Fremde. Und ich habe nichts mehr auf dieser Welt zu tun als meinem Buben einen Abschiedskuß auf die geliebte Stirne zu drücken und zu gehen. Was mochte er wohl jetzt allein in seinem Zimmer machen? Von seinem offenen Fenster aus floß ein matter Lichtschein über Kies und Rasen. Lag er am Ende schon zu Bett, − ermattet von den Freuden und Mühen seines Ausflugs? Ein Schauer lief ihr durch den Leib, seltsam gemischt aus Regungen der Angst, des Ekels, der Sehnsucht. Ja, sie sehnte sich nach ihm, aber nach einem andern, als der war, der da drin in seinem Zimmer lag und den Duft von Fortunatens Körper an dem seinen trug. Sie sehnte sich nach dem Hugo von einst, nach dem frischen reinen Knaben, der ihr einmal von dem Kuß des kleinen Mädels in der Tanzstunde erzählt hatte, nach dem Hugo, mit dem sie an einem holden Sommertag durch grüne Täler gefahren war, − und sie wünschte die Zeit zurück, da sie selbst eine andere war, eine

Mutter, wert jenes Sohnes, und nicht ein Frauenzimmer, über das verdorbene Buben unflätig schwatzen durften, wie über die erstbeste Dirne. Ah, wenn es Wunder gäbe! Aber es gibt keine. Nie wird jene Stunde ungewesen sein, in der sie mit brennenden Wangen, auf schmerzenden Knien, mit durstigem Ohr der Geschichte ihrer Schmach – und ihres Glücks gelauscht hat; – noch in zehn, in zwanzig, in fünfzig Jahren, als uralter Mann wird sich Rudi Beratoner der Stunde erinnern, da er als junger Bursch auf einer weißen Bank im Garten der Frau Beate Heinold gesessen ist, und ein Schulkamerad ihm erzählt hat, wie er Nacht für Nacht bis zum grauenden Morgen bei ihr im Bett lag. Sie schüttelte sich, sie rang die Hände, sie sah zum Himmel auf, der mit totenstillen Wolken ihrem einsamen Weh entgegenschwieg und keine Wunder barg. Trüb verworren drang allerlei Geräusch von See und Straße zu ihr herauf, dunkel stiegen die Berge zur winkenden Nacht empor, das gelbe Feld stand matt leuchtend im rings einherschleichenden Dämmer. Wie lange noch wollte sie selbst so regungslos hier verweilen? Worauf wartete sie denn? Hatte sie denn vergessen, daß Hugo, geradeso wie er gekommen, aus dem Haus wieder verschwinden konnte zu einer, die ihm heute mehr bedeutete als sie –? Es war nicht viel Zeit zu versäumen. Rasch riegelte sie ihre Türe auf, trat in den kleinen Salon und stand vor Hugos Tür. Einen Augenblick zögerte sie, horchte, hörte nichts und öffnete hastig.

Hugo saß auf seinem Diwan und starrte der Mutter entgegen, wie aus wüstem Schlafe aufgeschreckt, mit weiten Augen. Über seine Stirne huschten sonderbare Schatten von dem unsichern Licht der elektrischen Lampe, die, grün beschirmt, auf dem Tisch mitten im Zimmer stand. Beate blieb eine Weile an der Türe stehen, Hugo warf den Kopf zurück, es schien, als wollte er sich erheben; doch er blieb sitzen, die Arme von sich gestreckt, die Hände flach auf den Diwan gestützt. Beate fühlte die Starrheit dieses Augenblickes mit herzrührender Pein. Ein Schreck ohnegleichen griff an ihre Seele; und sie sagte sich: er weiß alles. Was wird geschehen? dachte sie noch im selben Atemzug. Sie trat auf ihn zu, zwang sich zu einer heitern Miene und fragte: »Du hast geschlafen, Hugo?« »Nein, Mutter«, erwiderte er, »ich bin nur so gelegen.« Sie blickte in ein blasses zerquältes Kindergesicht; ein unsägliches Mitleid, in dem ihr eigner Jammer untergehen wollte, stieg in ihr auf, sie legte, schüchtern noch, die Finger auf seine wirren Haare, umfaßte seinen Kopf, setzte sich neben ihn und zärtlich begann sie: »Na, mein Bub«, – doch wußte sie nichts weiter zu sagen. Seine Mienen verzerrten sich gewaltsam; sie nahm seine Hände, er drückte sie wie zerstreut, streichelte ihre Finger, blickte nach der Seite, sein Lächeln wurde maskenhaft, seine Augen röteten sich, seine Brust begann sich zu heben und zu senken, mit einemmal glitt er vom Diwan, lag der Mutter zu Füßen, den Kopf in ihrem Schoß und weinte bitterlich. Beate, zutiefst erschüttert und doch irgendwie befreit, da sie fühlte, daß er ihr nicht entfremdet war, sprach vorerst kein Wort, ließ ihn weinen, wühlte sanft in seinen Haaren und fragte sich in Herzensangst: Was mag geschehen sein? Und tröstete sich gleich wieder: vielleicht nichts Besonderes. Nichts anderes vielleicht, als daß ihm die Nerven versagen. Und sie erinnerte sich ganz ähnlicher krampfhafter Anfälle, denen ihr verstorbener Gatte unterworfen gewesen war, aus scheinbar nichtigen Gründen; nach der Erregung durch irgendeine große Rolle, nach irgendeinem Erlebnis, das seine Komödianteneitelkeit verletzt hatte, oder scheinbar ganz ohne Grund, wenigstens ohne einen, den sie zu entdecken vermochte. Und mit einemmal stieg es in ihr auf, ob sich Ferdinand nicht am Ende manchmal in ihrem Schoß von Enttäuschungen und Qualen ausgeweint, die er bei einer andern Frau erduldet hatte? Aber was kümmerte sie das! Was immer er begangen, er hatte gesühnt, und alles das war weit, so weit. Ihr Sohn war es ja, der heute in ihrem Schoße weinte, und sie wußte nun, daß er's um Fortunatens willen tat. Mit welchem Weh griff dieser Anblick an ihr Herz. In welche Tiefen versank ihr eigenes Erlebnis nun, da sie sich der Seelenpein ihres Sohnes gegenüberfand. Wohin schwand ihre Schmach und Qual und Todessehnsucht vor dem brennenden Wunsch, das geliebte Menschenkind aufzurichten, das in ihrem Schoße weinte. Und im überquellenden Drang ihm wohlzutun, flüsterte sie: »Wein nicht, mein Bub. Es wird schon alles wieder gut werden.« Und wie er den Kopf in ihrem Schoß zu einem »Nein« bewegte, wiederholte sie in festerem Ton: »Alles wird wieder gut, glaube mir.« Und sie erkannte, daß sie dies Wort des Trostes nicht nur an Hugo, daß sie es auch an sich selber gerichtet hatte. Wenn es in ihrer Macht stand, ihrem Sohne wieder aus der Verzweiflung emporzuhelfen, ihn mit neuem Daseinsmut zu

erfüllen, so mußte aus diesem Bewußtsein allein, mehr noch aus seinem Dank, aus seinem Wieder-ihr-Gehören ihr selbst Möglichkeit, Pflicht und Kraft des Weiterlebens neu erstehen. Und mit einemmal tauchte das Bild jener phantastischen Landschaft in ihr empor, in der mit Hugo wandelnd sie sich früher geträumt hatte; und verheißungsvoll mit herauf schwebte der Gedanke: wenn ich mit Hugo die Reise unternähme, die ich ja schon geplant, ehe die furchtbare Stunde an mir vorbeigezogen? Und wenn wir von dieser Reise nicht in die Heimat wiederkehrten? Und draußen in der Fremde, fern von allen Menschen, die wir gekannt haben, in einer reinen Luft, ein neues, ein schöneres Leben anfingen?
Da hob er plötzlich das Haupt aus ihrem Schoß, mit irren Augen, verzerrten Lippen, und heiser schrie er: »Nein, nein, es wird nicht wieder gut.« Und erhob sich, sah die Mutter wie abwesend an, tat ein paar Schritte zum Tisch hin, als suchte er dort etwas, ging dann einige Male im Zimmer hin und her mit gesenktem Kopf und blieb endlich regungslos am Fenster stehen, den Blick in die Nacht gewandt. »Hugo«, rief die Mutter, die ihm mit den Augen gefolgt war, aber sich nicht fähig fühlte, vom Diwan aufzustehen.

Und noch einmal flehend: »Hugo, mein Bub!«
Dann wandte er sich nach ihr um, wieder mit
jenem starren Lächeln, das ihr nun schon weher
tat als sein Aufschrei. Und bebend fragte sie
wieder: »Was ist geschehen?«
»Nichts, Mutter«, erwiderte er mit einer Art von
entrückter Heiterkeit.
Nun stand sie entschlossen auf und trat zu ihm.
»Weißt du denn, warum ich zu dir hereingekommen bin?« Er sah sie nur an. »Nun, rat einmal.« Er schüttelte den Kopf. »Ich hab' dich fragen wollen, ob du nicht mit mir eine kleine Reise
machen möchtest?« »Eine Reise«, wiederholte
er scheinbar verständnislos. »Ja, Hugo, eine
Reise − nach Italien. Wir haben ja Zeit, die
Schule beginnt erst in drei Wochen. Bis dahin
können wir lange zurück sein. Nun, wie denkst
du darüber?« »Ich weiß nicht«, antwortete er.
Sie legte den Arm um seinen Hals. Wie ähnlich
er Ferdinand sieht, dachte sie plötzlich. Einmal
hat er einen ganz jungen Burschen gespielt, da
hat er geradeso ausgesehen. Und sie scherzte:
»Also, wenn du's nicht weißt, Hugo, ich weiß es
ganz bestimmt, daß wir reisen werden. Ja, mein
Bub, darüber ist gar nichts mehr zu reden. Und
jetzt, trockne dir deine Augen, kühl' dir deine
Stirn und wir wollen zusammen fortgehen.«

»Fortgehen?« »Ja, natürlich! Es ist Sonntag und es gibt zu Hause kein Nachtmahl. Auch haben wir ja Rendezvous mit den andern, unten im Hotel. Und die Mondscheinpartie über den See! Weißt du denn nicht, die soll doch auch heute stattfinden.« »Willst du nicht lieber allein gehen, Mutter? Ich könnte dir ja später nachkommen.« Eine wahnwitzige Angst ergriff sie plötzlich. Wollte er sie fort haben? Und warum? Um Himmels willen! Sie drängte den entsetzlichen Gedanken zurück. Und beherrscht sagte sie: »Du hast wohl noch keinen Appetit?« »Nein«, erwiderte er. »Ich eigentlich auch nicht. Wie wär's, wenn wir zuerst ein bißchen spazieren gingen?« »Spazieren?« »Ja, und dann auf einem kleinen Umweg ins Seehotel.« Er zögerte eine Weile. Sie stand da in angespannter Erwartung. Endlich nickte er. »Gut, Mutter. Mach dich nur fertig.« »Oh, ich bin's, ich muß nur den Mantel umnehmen.« Sie rührte sich nicht fort. Er schien darauf nicht achtzuhaben, trat an sein Waschbecken, goß sich aus dem Krug Wasser in die Hand und kühlte sich Stirn, Augen und Wangen. Dann strich er mit dem Kamm flüchtig ein paarmal durch die Haare. »Ja, mach' dich nur schön«, sagte Beate. Und beklemmend fiel ihr ein, wie oft sie diese gleichen Worte in längst vergangenen Zeiten zu Ferdinand gesagt hatte, wenn er sich bereitete fortzugehen.. weiß Gott wohin.. Hugo nahm seinen Hut und sagte lächelnd: »Ich bin fertig, Mutter.« Sie eilte nun rasch in ihr Zimmer, holte ihren Mantel und knöpfte ihn erst zu, als sie wieder bei Hugo im Zimmer war, der sie ruhig erwartet hatte. »Also komm«, sagte sie dann.

Als sie beide aus dem Hause traten, kam eben das Mädchen von seinem Sonntagsausgang zurück. So untertänig es grüßte, Beate erkannte mit einemmal an einem fast unmerklichen Augensenken dieser Person, daß sie alles wußte, was im Laufe der letzten Wochen hier im Hause vorgegangen war. – Doch lag ihr wenig daran. Alles war ihr nun gleichgültig gegenüber dem Glücksgefühl, dem langentbehrten, daß sie Hugo an ihrer Seite hatte.

Sie spazierten zwischen den Wiesen weiter, unter dem stummen Nachtblau des Himmels, nahe nebeneinander, und so rasch, als hätten sie ein Ziel. Anfangs sprachen sie kein Wort. Doch ehe sie in das Dunkel des Waldes traten, wandte sich Beate an ihren Sohn: »Willst du dich nicht einhängen, Hugo?« Er nahm ihren Arm, und ihr ward wohler zumut. Sie gingen weiter im schweren Schatten der Bäume, durch deren dichtes Geäst von Stelle zu Stelle ein Lichtschein aus einer der in der Tiefe liegenden Villen durchbrach. Beate ließ ihre Hand auf die Hugos gleiten, streichelte sie, hob sie dann zu ihren Lippen und küßte sie. Er ließ es geschehen. Nein, er wußte nichts von ihr. Oder nahm er es nur hin? Verstand er es, obwohl sie seine Mutter war? Bald kamen sie durch einen breiten grünlich-blauen Lichtstreifen, der vor das Parktor der Welponerschen Villa fiel. Nun hätten sie einander von Angesicht zu Angesicht sehen können, aber sie blickten weiter vor sich ins Dunkle, das sie gleich wieder aufnahm. In diesem Teil des Waldes war die Finsternis so dicht, daß sie ihre Schritte verlangsamen mußten, um nicht zu stolpern. »Gib acht«, sagte Beate von Zeit zu Zeit. Hugo schüttelte nur den Kopf, und sie hielten sich fester aneinander. Nach einer Weile führte ein Pfad ab, der, ihnen von lichteren Stunden wohlbekannt, zum See hinunterführte. Auf diesen Weg bogen sie ab und traten nun bald wieder in eine matte Helligkeit, da die Bäume, weiter abgerückt, einen Wiesenplatz freiließen, über dem, noch immer sternenlos, der Himmel stand. Von hier führten verwitterte Holzstufen, an deren einer Seite ein schwankendes Geländer den Händen Stütze bot, auf die Landstraße hinab, die zur Rechten sich in die Nacht verlor, links aber dem Orte wieder zuführte, von dem ihnen zahlreiche Lichter entgegenschimmerten. Nach dieser Richtung, in unausgesprochenem Einverständnis, wandten Beate und Hugo ihre Schritte. Und als hätte der gemeinsame Spaziergang durchs Dunkel sie ohne weitere Aussprache doch wieder mit ihm vertrauter gemacht, sagte Beate in harmlosem, beinahe scherzhaftem Tone: »Das hab' ich gar nicht gern, Hugo, wenn du weinst.« Er erwiderte nichts, ja blickte absichtlich von ihr fort über den stahlgrauen See, der nun als ein schmaler Streifen sich längs der Berge drüben dehnte. »Früher einmal«, begann Beate von neuem und es war ein Seufzen in ihrer Stimme, »früher hast du mir alles erzählt.« Und während sie das sagte, war ihr mit einem Male wieder, als richtete sie diese Worte eigentlich an Ferdinand und als wollte sie von ihrem toten Gatten alle die Geheimnisse erkunden, die er ihr schnöde verschwiegen, als er noch auf Erden wandelte. Werd' ich wahnsinnig? dachte sie, bin ich's schon? Und wie um sich in die Wirklichkeit zurückzurufen, faßte sie so heftig den Arm Hugos, daß dieser fast erschreckt zusammenfuhr. Sie aber sprach weiter: »Ob dir nicht leichter würde, Hugo, wenn du mir erzähltest?« Und sie hing sich wieder in ihn ein. Aber während ihre eigene Frage in ihr weiterklang, spürte sie leise, daß nicht nur der Wunsch, Hugos Seele zu entlasten, ihr diese Frage in den Mund gelegt hatte, sondern daß auch eine sonderbare Art von Neugier in ihr zu wühlen begann, deren sie sich im Tiefsten ihrer Seele schämen müßte. Und Hugo, als ahnte er die geheimnisvolle Unlauterkeit ihrer Frage, antwortete nichts, ja, er ließ seinen Arm wie unabsichtlich aus dem ihrigen gleiten. Enttäuscht und allein gelassen ging Beate neben ihm einher, die traurige Straße weiter. Was bin ich in der Welt, fragte sie sich angstvoll, wenn ich nicht seine Mutter bin? Ist heut der Tag, um alles zu verlieren? Bin ich nichts weiter mehr als ein Lottername im Mund verdorbener Buben? Und jenes Gefühl des Zusammengehörens mit Hugo, des gemeinsamen Geborgenseins dort oben im holden Dunkel des Waldes, war das alles nur Täuschung? Dann ist das Leben nicht mehr zu tragen, dann ist wirklich alles vorbei. Doch warum schreckt mich der Gedanke so sehr? War es nicht längst entschieden? War ich nicht schon vorher entschlossen, ein Ende zu machen? Und hab' ich nicht gewußt, daß mir nichts anderes übrigbleibt? Und hinter ihr, im Dunkel der Straße nachschleifend, wie höhnische Gespenster zischelten die fürchterlichen Worte, die sie heute durch den Fensterspalt zum erstenmal vernommen, die ihre Liebe und ihre Schmach, ihr Glück und ihren Tod bedeuteten. Und wie einer Schwester dachte sie für einen Augenblick jener andern, die einst längs eines Meeresstrandes hingelaufen war, von bösen Geistern gehetzt, müd von Lust und Qual..

Sie näherten sich der Ortschaft. Das Licht, das nun in einer Entfernung von wenigen hundert Schritten breit übers Wasser hinfiel, kam von der Terrasse, wo die befreundete Gesellschaft zu Nacht aß und ihrer wartete. Noch einmal in solch einen Lebensschein zu treten, schien Beaten unsinnig, ja völlig außer dem Bereich aller Möglichkeit. Warum ging sie diesen Weg? Warum blieb sie noch an Hugos Seite? Welche Feigheit war es gewesen, von ihm noch Abschied nehmen zu wollen, dem sie nichts mehr war als ein lästiges Weib, das sich in seine Geheimnisse drängen wollte. Da plötzlich sah sie seine Augen wieder auf sich gerichtet mit einem Blick des Hilfesuchens, der neue Angst und Hoffnung in ihr erweckte. »Hugo«, sagte sie. Und er, in verspäteter Antwort auf eine Frage, die sie selbst schon vergessen: »Es kann nicht wieder gut werden. Da hilft auch kein Erzählen. Es kann nicht.« »Aber Hugo«, rief sie aus wie erlöst, da er das Schweigen gebrochen hatte, »es wird sicher gut, wir fahren ja fort, Hugo, weit fort.« »Was hilft es uns, Mutter?« Uns –? Das geht auch auf mich! Aber ist es nicht besser so? Sind wir einander so nicht näher? Er ging rascher, sie hielt sich an seiner Seite, plötzlich blieb er stehen, sah auf den See hinaus und atmete tief, als käme aus der Einsamkeit über dem Wasser Trost und Frieden zu ihm. Draußen glitten ein paar beleuchtete Kähne hin. Könnte das schon unsere Gesellschaft sein? dachte Beate flüchtig. Mondschein werden sie freilich heute nicht haben. Und plötzlich kam ihr ein Einfall: »Wie wär's, Hugo«, sagte sie, »wenn wir zwei .. allein hinausführen?« Er sah zum Himmel auf, als suchte er oben nach dem Monde. Beate verstand den Blick und sagte: »Den brauchen wir ja nicht.« »Was tun wir denn da draußen auf dem dunklen Wasser?« fragte er schwach. Sie nahm ihn beim Kopf, blickte ihm in die Augen und sagte: »Du sollst mir erzählen. Du sollst mir sagen, was dir geschehen ist, wie du's früher immer getan hast.« Sie ahnte, daß draußen in der Nachteinsamkeit des vertrauten Sees die Scheu von ihm weichen müßte, die ihn jetzt noch davon abhielt, der Mutter zu gestehen, was ihm widerfahren war. Da sie nun in seinem Schweigen keinen weiteren Widerstand spürte, wandte sie sich entschlossen der Bootshütte zu, wo ihr Kahn seinen Platz hatte. Die Holztüre war nur angelehnt. Sie trat mit Hugo in den dunklen Raum, kettete das Schiff los, eilfertig, als gälte es die Stunde nicht zu versäumen, dann schwang sie sich hinein, Hugo ihr nach. Er nahm eines der Ruder, stieß ab, und in der Sekunde darauf war der freie Himmel über ihnen. Hugo nahm nun auch das zweite Ruder und führte den Kahn längs des Ufers am Seehotel vorbei, so nahe, daß sie die Stimmen von der Terrasse zu hören vermochten. Es schien Beaten, als könnte sie die des Baumeisters aus den übrigen heraushören. Die einzelnen Gestalten und Gesichter waren nicht zu unterscheiden. Wie leicht es doch war, den Menschen zu entfliehen! Was liegt mir in diesem Augenblick daran, dachte Beate, was sie über mich reden, von mir glauben oder wissen –? Man stößt einfach mit einem Kahn vom Ufer ab, fährt so nahe an den Leuten vorbei, daß man noch ihre Stimmen vernehmen kann, und doch ist alles schon völlig gleichgültig! Wenn man nicht wieder zurückkommt.. klang es noch tiefer in ihr, und sie bebte leis. – Sie saß am Steuer und lenkte das Schiff gegen die Mitte des Sees zu. Noch immer war der Mond nicht aufgegangen, aber das Wasser ringsum, als hätte es die Tagessonne in sich aufbewahrt, umfloß den Kahn mit einem matten Lichtkreis. Manchmal kam auch noch vom Ufer her ein Strahl, in dem Beate zu sehen glaubte, wie Hugos Antlitz immer frischer und unbesorgter wurde. Als sie ziemlich weit draußen waren, ließ Hugo die Ruder sinken, entledigte sich seines Rockes und öffnete den Hemdkragen. Wie ähnlich er seinem Vater sieht, dachte Beate mit wehem Staunen. Nur hab' ich den nicht so jung gekannt. Und wie schön er ist. Es sind edlere Züge als die Ferdinands. Doch die hab' ich ja nie gekannt, auch seine Stimme nie, es waren ja immer die Stimmen und Gesichter von andern. Seh' ich ihn heut zum erstenmal? . . . Und es schauerte sie tief. Aber nun begannen Hugos Züge, da der Kahn ganz in den Nachtschatten der Berge gelangt war, allmählich zu verschwimmen. Er begann wieder zu rudern, doch ganz langsam, und sie kamen kaum von der Stelle. Nun wäre es wohl an der Zeit, dachte Beate, wußte aber einen Augenblick gar nicht recht, wozu es Zeit sein sollte, bis ihr plötzlich wieder, als erwachte sie aus einem Traum, der Wunsch, Hugos Erlebnis zu kennen, brennend durch die Sinne fuhr. Und sie fragte: »Also, Hugo, was ist geschehen?« Er schüttelte nur den Kopf. Sie aber mit wachsender Spannung fühlte, daß es ihm mit seiner Weigerung nicht mehr Ernst war. »Sprich nur, Hugo«, sagte sie. »Du kannst mir alles sagen. Ich weiß ja schon so viel. Du kannst es dir wohl denken.« Und als vermöchte sie damit einen letzten Zauber zu bannen, flüsterte sie den Namen in die Nacht: »Fortunata«.

Durch Hugos Körper ging ein Zittern, so heftig, daß es sich dem Kahne mitzuteilen schien. Beate fragte weiter: »Du warst heute bei ihr – und so kommst du zurück? Was hat sie dir getan, Hugo?« Hugo schwieg, ruderte gleichmäßig weiter, sah in die Luft. Plötzlich kam es Beate wie eine Erleuchtung. Sie griff sich an die Stirn, als verstünde sie gar nicht, daß sie es nicht früher erraten, und sich nahe zu Hugo beugend, flüsterte sie rasch: »Der ferne Kapitän war da, nicht wahr? Und der hat dich bei ihr gefunden?« Hugo blickte auf: »Der Kapitän?«

Jetzt erst fiel ihr ein, daß der, den sie meinte, gar kein Kapitän war. »Den Baron mein' ich«, sagte sie. »Er war da? Er hat euch gefunden?

Er hat dich beleidigt? Er hat dich geschlagen, Hugo?«

»Nein, Mutter, der, von dem du sprichst, der ist nicht da. Ich kenn' ihn gar nicht. Ich schwör' es dir, Mutter.«

»Was also denn?« fragte Beate. »Sie hat dich nicht mehr lieb? Sie ist deiner überdrüssig? Sie hat dich verhöhnt? Hat dir die Türe gewiesen? Ja, Hugo?«

»Nein, Mutter.« Und er schwieg.

»Also, Hugo, was denn? So sprich doch.«

»Frag nicht mehr, Mutter, frag nicht. Es ist zu furchtbar.«

Nun flammte ihre Neugier züngelnd auf. Es war ihr, als müßte aus der Wirrheit dieses Tages, der voll von Rätseln war, voll alter und neuer, endlich irgendwoher eine Antwort kommen. Sie griff mit beiden Händen in die Luft, als wollte sie dort irgend etwas Zerflatterndes fassen. Sie ließ sich von der Steuerbank heruntergleiten und saß nun zu Hugos Füßen. »So rede doch«, begann sie, »du kannst mir alles sagen, brauchst keine Scheu zu haben, ich versteh' ja alles! Alles. Ich bin deine Mutter, Hugo, und ich bin eine Frau. Bedenke das, auch eine Frau bin ich. Du mußt nicht fürchten, daß du mich verletzen, mein Zartgefühl beleidigen könntest.

Ich habe viel mitgemacht in dieser letzten Zeit. Ich bin ja noch keine.. alte Frau. Ich verstehe alles. Zu viel, mein Sohn.. Du mußt nicht denken, daß wir gar so weit voneinander sind, Hugo, und daß es Dinge gibt, die man mir nicht sagen darf.« Sie fühlte mit verwirrtem Staunen, wie sie sich preisgab, wie sie lockte. »Oh, wenn du wüßtest, Hugo, wenn du wüßtest.« Und die Antwort kam: »Ich weiß, Mutter.« Beate erbebte. Doch sie empfand keine Scham mehr, nur ein erlösendes Bewußtsein von Ihm-näher-Sein und Zu-ihm-Gehören. Sie saß ihm zu Füßen auf dem Grund des Bootes und nahm seine Hände in die ihren. »Erzähle«, flüsterte sie.

Und er sprach, aber er erzählte nichts. Mit dumpfen abgerissenen Worten erklärte er nur, daß er niemals wieder unter Menschen sich zeigen könne. Was heute mit ihm geschehen war, das jagte ihn für immer aus dem Bereich alles Lebens.

»Was, was ist geschehen?«

»Ich bin nicht bei Sinnen gewesen. – Ich weiß nicht, was geschehen ist. Sie haben mich betrunken gemacht.«

»Sie haben dich betrunken gemacht? Wer, wer? – Du warst – nicht allein mit Fortunata?« Es fiel ihr ein, daß sie ihn neulich in Gesellschaft von

Wilhelmine Fallehn und dem Kunstreiter gesehen hatte. Die also waren dort gewesen? Und mit erstickender Stimme fragte sie noch einmal: »Was ist geschehen?« Doch ohne daß Hugo antwortete, wußte sie's schon. Ein Bild malte sich vor ihren Augen in die Nacht, von dem sie entsetzt die Blicke fortwenden wollte, das ihr aber schamlos frech hinter die geschlossenen Lider folgte. Und in neuer schreckensvoller Ahnung, die Augen wieder öffnend und starr auf Hugos stumm gepreßte Lippen richtend, die sie doch nicht zu sehen vermochte, fragte sie: »Seit heute weißt du? Dort haben sie dir's gesagt?«
Er erwiderte nichts, doch ein Zucken lief durch seinen ganzen Körper, so wild, daß es ihn willenlos auf den Grund des Bootes warf, an Beatens Seite hin. Sie stöhnte einmal nur auf, verzweifelnd, und in einem Schauer unsäglicher Verlassenheit faßte sie von neuem nach Hugos fiebrig zitternden Händen, die ihr entglitten waren. Nun überließ er sie ihr, und das tat ihr wohl. Sie zog ihn näher zu sich heran, drängte sich an ihn; eine schmerzliche Sehnsucht stieg aus der Tiefe ihrer Seele auf und flutete dunkel in die seine über. Und beiden war es, als triebe ihr Kahn, der doch fast stille stand, weiter und weiter, in wachsender Schnelle. Wohin trieb er

sie? Durch welchen Traum ohne Ziel? Nach welcher Welt ohne Gebot? Mußte er jemals wieder ans Land? Durfte er je? Zu gleicher Fahrt waren sie verbunden, der Himmel barg für sie in seinen Wolken keinen Morgen mehr; und im verführerischen Vorgefühl der ewigen Nacht gaben sie die vergehenden Lippen einander hin. Ruderlos glitt der Kahn fort, nach fernsten Ufern, und Beate war es, als küßte sie in dieser Stunde einen, den sie nie gekannt hatte und der ihr Gatte gewesen war, zum erstenmal.

Als sie ihre Besinnung wiederkehren fühlte, war ihr noch so viel Seelenkraft geschenkt, um sich vor völligem Wachwerden zu bewahren. Hugos beide Hände gefaßt haltend, schwang sie sich auf den Rand des Kahnes. Als sich das Schiff zur Seite neigte, öffneten sich Hugos Augen zu einem Blick, in dem ein Schimmer von Angst ihn zum letztenmal mit dem gemeinen Los der Menschen verbinden wollte. Beate zog den Geliebten, den Sohn, den Todgeweihten, an ihre Brust. Verstehend, verzeihend, erlöst schloß er die Augen; die ihren aber faßten noch einmal die in drohendem Dämmer aufsteigenden grauen Ufer, und ehe die lauen Wellen sich zwischen ihre Lider drängten, trank ihr sterbender Blick die letzten Schatten der verlöschenden Welt.

Literarische Impressionen
Geschichten und Erzählungen

Joseph Conrad
Die Rückkehr
Erzählung
Aus dem Englischen
von Fritz Lorch
Band 12621

Daphne
Du Maurier
Der Apfelbaum
Erzählung
Band 12622

Carlo Emilio Gadda
***Cupido im
Hause Brocchi***
Erzählung
Aus dem
Italienischen von
Toni Kienlechner
Band 12623

Siegfried Lenz
***So zärtlich
war Suleyken***
Masurische
Geschichten
Band 12624

Thomas Mann
***Der Tod
in Venedig***
Novelle
Band 12625

Antoine de
Saint-Exupéry
Nachtflug
Roman
Aus dem
Französischen
von Hans Reisiger
Band 12626

Arthur Schnitzler
***Frau Beate
und ihr Sohn***
Novelle
Band 12627

Franz Werfel
***Eine blaßblaue
Frauenschrift***
Erzählung
Band 12628

Oscar Wilde
***Der Fischer
und seine Seele***
Märchen
Aus dem Englischen
v. Hannelore Neves
Band 12629

Stefan Zweig
Angst
Novelle
Band 12630

Fischer Taschenbuch Verlag

Arthur Schnitzler

**Abenteurer-
novellen**
Band 11408

Sterben
Erzählungen
1880-1892
Band 9401

Komödiantinnen
Erzählungen
1893-1898
Band 9402

Frau Berta Garlan
Erzählungen
1899-1900
Band 9403

**Der blinde
Geronimo und
sein Bruder**
Erzählungen
1900-1907
Band 9404

Die Hirtenflöte
Erzählungen
1909-1912
Band 9406

**Doktor Gräsler,
Badearzt**
Erzählung 1914
Band 9407

**Flucht in
die Finsternis**
Erzählungen 1917
Band 9408

**Die Frau
des Richters**
Erzählungen
1923-1924
Band 9409

Traumnovelle
1925
Band 9410

Ich
Erzählungen
1926-1931
Band 9411

Fräulein Else
und andere
Erzählungen
Band 9102

**Spiel im
Morgengrauen**
Erzählung
Band 9101

**Casanovas
Heimfahrt**
Novelle
Band 11597

**Frau Beate
und ihr Sohn**
Novelle
Band 9318

Fischer Taschenbuch Verlag

fi 297 / 14 a

Arthur Schnitzler

Der Weg ins Freie
Roman 1908
Band 9405

Anatol
Dramen
1888-1891
Band 11501

Freiwild
Dramen
1892-1896
Band 11502

Das Vermächtnis
Dramen
1896-1898
Band 11503

Lebendige Stunden
Dramen
1900-1904
Band 11505

Zwischenspiel
Dramen
1905-1909
Band 11506

Der junge Medardus
Drama 1909
Band 11507

Das weite Land
Dramen
1909-1912
Band 11508

Komödie der Worte
Dramen
1914-1916
Band 11509

Die Schwestern oder Casanova in Spa
Dramen
1919-1924
Band 11510

Therese
Chronik eines Frauenlebens
1928
Band 9412

Im Spiel der Sommerlüfte
Dramen
1928-1930
Band 11512

Reigen/Liebelei
Band 7009

Jugend in Wien
Autobiographie
Band 2068

Medizinische Schriften
Zusammengestellt und mit einem Vorwort von Horst Thomé
Band 9425

Fischer Taschenbuch Verlag

fi 297 / 2 b

Arthur Schnitzler

Aphorismen und Betrachtungen

1. Band
Buch der Sprüche und Bedenken
Aphorismen und Fragmente
Band 11805

2. Band
Der Geist im Wort
und der Geist in der Tat
Bemerkungen und Aufzeichnungen
Band 11968

3. Band
Über Kunst und Kritik
Materialien zu einer Studie, Methoden und Kritisches
Band 11969

»Nicht so leicht hätte mich etwas so bewegen können, wie dieses Buch mit einer Auswahl Ihrer Betrachtungen und Aphorismen... der Rhythmus Ihres Denkens rührt mich unmittelbar an, und damit das wahre unauflösliche Geheimnis Ihrer Person.«
*Hugo von Hofmannsthal an
Arthur Schnitzler, 29. Dezember 1927*

Fischer Taschenbuch Verlag

Arthur Schnitzler
Reigen
ZEHN DIALOGE
Liebelei
SCHAUSPIEL IN DREI AKTEN

Mit einem Vorwort von Günther Rühle
und einem Nachwort von Richard Alewyn
Band 7009

Sechzig Jahre lang war Arthur Schnitzlers *Reigen* nicht auf der Bühne zu sehen. Nach zwei skandalbegleiteten Aufführungen in Berlin (1920) und Wien (1921) hatte Schnitzler jede weitere Aufführung des *Reigen* verboten. Nachdem mit dem 31.12.1981 – 50 Jahre nach dem Tod des Autors – die Urheberschutzfrist in den an das deutschsprachige Gebiet angrenzenden Ländern ablief, entschloß sich Heinrich Schnitzler, Sohn und Nachlaßverwalter Arthur Schnitzlers, die Aufführungssperre für Länder mit längerer Urheberschutzfrist, wie Deutschland und Österreich, aufzuheben. Seit dem 1.1.1982 gibt es nun wieder so etwas wie eine fortgesetzte Aufführungsgeschichte des *Reigen*. Das Stück, zeigt sich, hat auch nach sechzig Jahren nichts von seiner Aktualität eingebüßt. »Die beiden kleinen Stücke, die hier miteinander gesellt sind, sein [Schnitzlers] berühmtestes und sein berüchtigstes, scheinen sich schlecht miteinander zu vertragen: die gemütvolle *Liebelei* und der ungemütliche *Reigen*, die rührende Tragödie und das *zynische* Satyrspiel, das eine ein Volksstück, gesättigt mit Lokalkolorit – es gibt keine Dichtung, in der mehr Wiener Luft wehte – mit allen öffentlichen Ehren im Burgtheater aufgeführt, das andere als Konterbande lange im Schreibtisch des Dichters versteckt und von Ärgernissen und Skandalen umwittert.

Fischer Taschenbuch Verlag

Arthur Schnitzler

Briefe 1875 - 1912
Herausgegeben von Therese Nickl und Heinrich Schnitzler
1047 Seiten. Leinen

Arthur Schnitzler erweist sich ein halbes Jahrhundert nach seinem Tod als lebendiger Dichter. Sein Werk beschwört mit einer vergangenen Epoche, einer vergangenen Gesellschaft gleichermaßen Grundmächte und nur äußerlich sich wandelnde Gesetze des Lebens. Erst heute erkennen wir Schnitzlers illusionslosen Ernst und seine unerbittliche Wahrhaftigkeit ganz: Aus seinen Briefen gewinnen wir ein Selbstporträt und Schicksalsbild. Der erste Band führt von einem Gruß des Dreizehnjährigen an die Mutter bis zur Lebenshöhe, zu der Vollendung des »Professors Bernhardi«, dem fünfzigsten Geburtstag und der ersten Werkausgabe, die S. Fischer ihm bereitete. Die Mehrzahl der Briefe wird hier zum ersten Mal veröffentlicht.

Briefe 1913 - 1931
Herausgegeben von Peter Michael Braunwarth,
Richard Miklin, Susanne Pertlik und Heinrich Schnitzler
1198 Seiten. Leinen

Die Briefe sind Spiegelungen, Reaktionen, unerschrockene Stellungnahmen und Klärungen. Krieg. Krise und Scheidung der Ehe, Verhandlungen mit dem Verleger, mit Theatern und Schauspielern (z. B. Elisabeth Bergner). Reisen. Das schöne Vater-Sohn-Verhältnis zwischen ihm und Heinrich, die Vater- oder Tochtertragödie: der Selbstmord der noch nicht neunzehnjährigen Lili. Die tiefe, anhaltende Trauer um Hofmannsthal. Nicht zuletzt, vielmehr immer wieder: Politik. Diese Briefe sind geschrieben mit Bedacht auf den Adressaten, nicht auf spätere Publikation.

S. Fischer